KB143479

이따금

전영구 수필집

초판 발행 2021년 5월 1일
지은이 전영구
펴낸이 안창현 **펴낸곳** 코드미디어
북 디자인 Micky Ahn **교정 교열** 이형욱

등록 2001년 3월 7일
등록번호 제 25100-2001-5호
주소 서울시 은평구 갈현로 318-1 1층
전화 02-6326-1402 **팩스** 02-388-1302
전자우편 codmedia@codmedia.com

ISBN 979-11-89690-50-2 03810

정가 15,000원

이 책의 판권은 지은이와 코드미디어에 있습니다.
잘못 만들어진 책은 교환해드립니다.

이따금 | 전영구 수필집

전영구

작가의 말

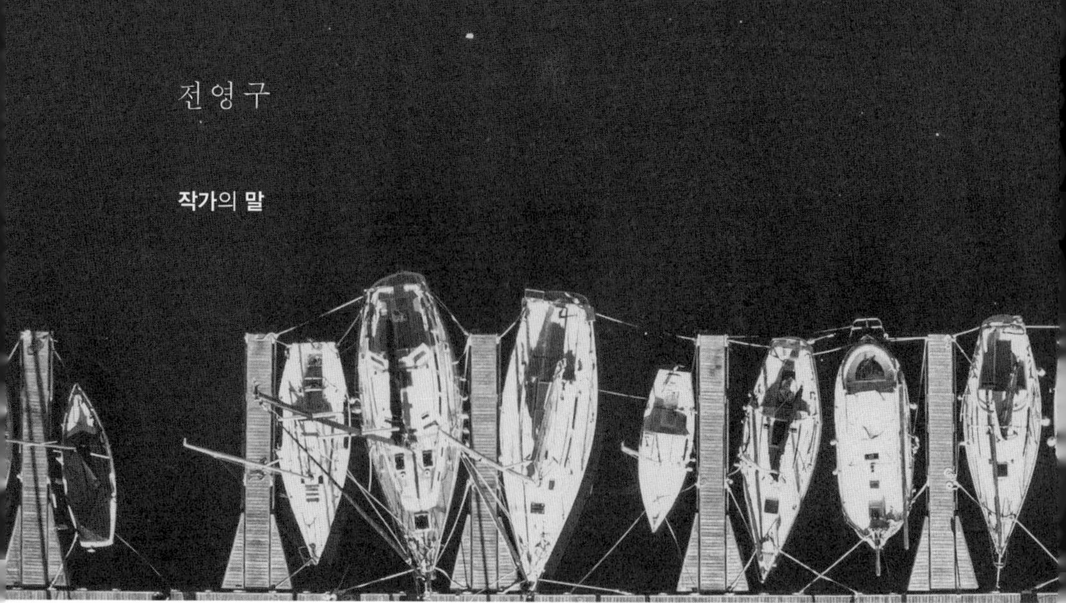

삶이라는 긴 여정을 지나오고 또 지나가려면 수없는 회한에 잠길 때가 있다.
곧잘 혼란스러움에 휩싸이게 된다. 그럴 때마다 자신을 내려놓고 살아야
지을 날을 기다리며 오늘도 서툰 걸음을 내딛는다.

살다 덤덤하게 느끼는 후회, 기쁨, 설렘을 안고도 존재의 가치조차도 가늠하기 힘들어지면

하는데도 결코 쉬운 일이 아니기에 늘 자신을 향해 당근과 채찍을 가하며 만족한 미소를

이따금 지나온 길을 뒤돌아보며…   2021년에…

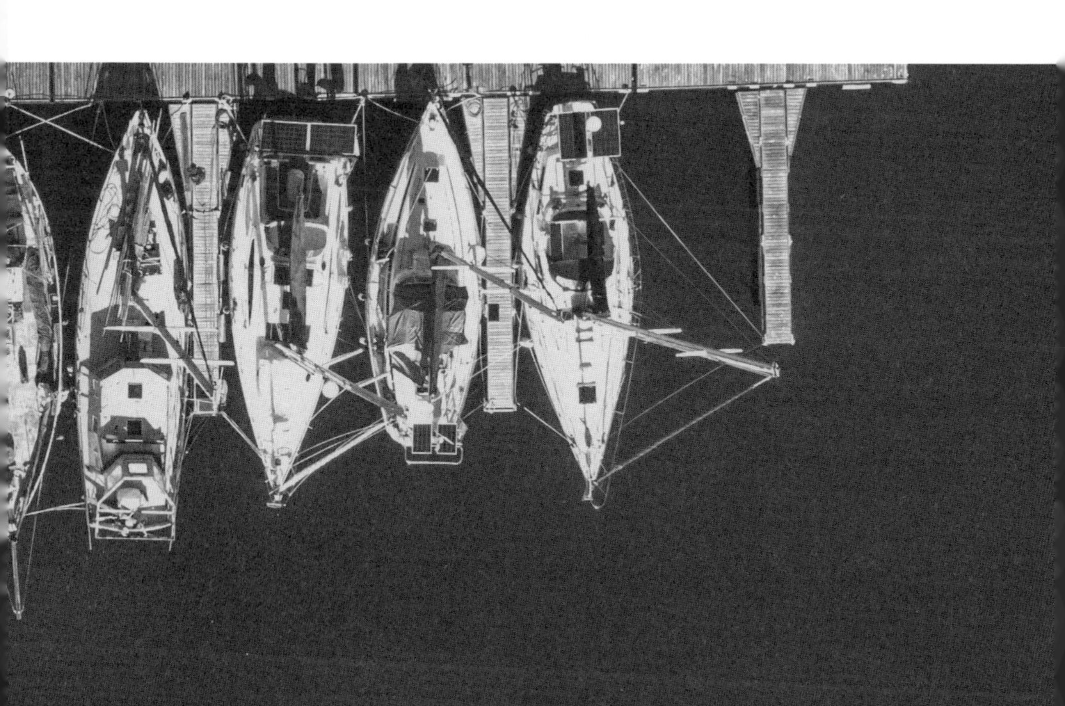

Contents

1

의미의 존재가 희미해지면 이따금…

2

떠올리는 이유가 무색해지면 이따금…

Contents

3

소소한 삶을 살다보면 이따금…

4

일상이 물음으로 다가오면 이따금…

Contents

5

삶과 사계의 여정을 뒤돌아보면 이따금…

이따금
이따금

'늘'이라는 말은 조용하지만 늘 살아 있어 좋다. 진행형처럼 들리지만 선뜻 눈에는 띄지 않게 다가서서 좋다는 말이다. '늘'은 느낌만으로도 알 수 있고, 수줍게 교감을 할 수도 있는 가슴속에서 살아 움직이는 말이라서 좋다.

-「늘」 중에서

1부

아바타의 삶

굳이 말하자면 동전의 양면 같은 다름이 내 안에 존재하고 있음을 느낀다. 주어진 삶 속에 다 움켜쥘 수 없는 욕망을 한껏 새겨놓고 흐뭇하게 바라볼 때도 있다. 얽히고설킨 삶의 판타지를 작은 공간 안에 펼쳐 놓고 대뇌피질의 아바타로 사는 자신을 보고 있노라면 편함과 불안이 공존하고 있음을 실감한다. 손아귀 안에 담아둔 온갖 것들이 다 스스로 제어할 수 있다는 자신감을 지시받고 행하게 되는 행동들이 있다. 자신을 알고 자신감을 얻게 되는 일련의 과정이 순탄하지만은 않지만 때론 내 안에 펼쳐 놓은 무언가를 수습해야 하는 중압감에 짓눌리기도 한다. 자신이 해야 하는 것임을 알고도 주저하는 까닭을 알게 되면 잦은 실망을 느끼게 된다. 그러기에 스스로에게 잦은 다독임과 독려가 필요하다.

키보드에 손가락을 얹고 머릿속에 모아두었던 이야기를 펼쳐 세심하게 옮긴다. 간혹 멈칫하기도 하고 지워버리기도 하지만 거기에 대한 책

임이나 추궁은 없다. 섬세한 표현도 긴박해진 줄거리에 대한 손끝의 속도도 신경을 타고 흘러내려와 글이 된다. 옷을 입고 밥을 먹는 정도의 소소함은 자체 심의에서 걸러 삭제시킨다. 주제라는 기둥을 세우고 이야기의 소재가 빠져나가지 않게 생각을 가두리 그물 안에 펼쳐 가둔다. 간간이 엑기스를 꺼내 무엇이 어떻게 되어 가는지 이야기의 몸체에 살을 붙이는 작업을 한다. 더러 막힘에 다다르면 마른 감성을 원망하기도 하지만 그때는 어떻게 했는지를 되새김하듯 기억에서 그려보기도 한다. 모두가 공감할 수 있는 일들만 골라 쓰자니 두뇌가 피곤하다. 이때가 되면 신체 중에 가장 분주한 곳이 있다. 평소에는 움직임이 전혀 포착되지 않는 머릿속 미로다. 관제탑처럼 가장 높은 곳을 차지하고는 자유자재로 인체를 제지시키는 능력을 발휘한다. 선함을 배출시키면 선함을 펼치고 악함을 내보이면 악하게 그려나가는 바탕이 되는 줄거리를 방출하는 곳이다. 평소 겪은 일이나 느낌 정도를 저장해 놓았다가 무이자로 꺼내 쓴다. 소재 고갈이라는 한계에 부딪치면 무한한 상상의 날개를 가동시키기도 한다.

내 몫으로 주어진 만큼만이라도 내 것으로 완성시키는 능력을 발휘해 보려 애를 쓴다. 한계를 넘어서기까지 무엇과도 바꿀 수 없는 나라는 귀한 존재를 혹사시키는 일은 부지기수다. 피곤에 지친 정도는 경미한 증세다. 종종걸음의 초침이 지나간 자리를 양반걸음을 하는 분침이 뒤를 따르다 보면 어느새 시침이 새벽을 향하고 있다. 무거운 눈꺼풀이 마감을 하려 해도 분에 차지 않는 의욕은 쉽게 흥분을 거두지 않는다.

자체 마감이 임박해 오면 초조해지는 건 필수 목록이다. 이어지는 소재도 고갈이라는 암초를 만나 고군분투하지만 역부족을 느낀다. 과욕을 거두고 키보드를 밀쳐낸다. 누구를 위해 무엇을 얻기 위한 몸부림인지도 모른다. 시간에 쫓기듯 마우스를 굴려 속성으로 펼치던 깊이 없는 주제가 완성한 글이 비타민이 될지 독소가 될지 아무도 모른다. 그저 대뇌피질이 지어준 대로 써 내려간 죄밖에는 달리 죄명이 없다.

이런 부류의 사람들은 쓸쓸할 때나 즐거울 때 그 틈 사이로 간헐적으로 느끼는 허탈이 있다. 다 풀지 못한 아쉬움 때문은 아니다. 만족이라는 정점을 향해 가다 지친 이들이 스스로에게 자행한 억압의 사슬을 풀지 못하는 탓이다. 재앙과도 같은 피로가 밀려온다. 풀가동되던 두뇌도 잠정 휴식에 들어간다. 이어질 주제를 선정하지 못한 마음의 짐이 신경을 조여 온다. 서둘러 휴식이라는 보약에 SOS를 친다.

키스

잔잔한 물결의 흐름이다. 햇살로 달궈진 물속에 발을 담그고 발가락 사이로 지나는 결 따라 매끄러운 감촉을 느낀다. 맨몸을 휘감는 실크 자락의 스침이 느껴진다. 뇌세포를 자극하는 격한 몸달음이 더해져 더한 격정 속으로 끌고 들어가다 스스로는 해제시킬 수 없는 무저항 그 자체에 자아를 던진다. 눈빛의 대립은 그렇다 치더라도 맞닿은 가슴의 요동이 건네는 엇박자는 붉은 색감보다 더 진해 검붉게 타오르는 입술을 자극한다. 붉은 살결의 합침은 뇌를 지배하던 모두를 순간 혼란으로 휘젓고 만다.

서로를 이어주는 타액의 결합은 커피에 슈가를 넣고 휘젓는 감미로움이라는 표현밖에는 다른 언어의 사용이 불가능하다. 입술 밖으로 새어 나오지 않는 무음에 가까운 신음을 만들어낸다. 온몸으로 겪는 황홀함이다. 자제할 수 없는 경지에 이르러 노곤한 근력의 풀림이 지속되고 월광 소나타 음률 속에 한없이 헤매다 순간 멈칫한다. 현실 속으로 들어서는 혼돈이 뇌리를 스칠 때쯤 거둬들여야 하는 한없는 아쉬움. 서둘러 감정을 추스르는 이중성이 있다. 분명 격한 감정은 흐르는데 어디서 시작이고 어디가 끝인지 모를 무형의 존재만이 아쉬움에 떤다.

정신이 몽롱해지도록 달콤했던 키스가 만들어 낸 몽환적 빛깔의 스크린에 펼쳐진 격정적인 사랑. 마주한 눈빛이 적막해지고, 갈망이 갈증으로 변할 즈음 대뇌의 지시를 받은 손길이 먼저 접근을 시도한 후에 시린 눈빛으로 온 정신을 마취시키듯 무저항으로 만든다. 서로의 호흡 강도를 느낄 정도로 밀착하여 흡사 연리지 같은 모습이 되어 밀착이 격할수록 부드러운 키스가 가능하다는 궤변조차 아름다운 연민의 흔적이 되어버린 애정 실린 의식이 된다.

익숙한 키스를 누구에게서나 느낄 수 있다면 필경 쾌감을 쫓은 유혹일 뿐 진정한 사랑은 아니다. 교감이라는 음극과 양극이 서로 붙어야 튀는 스파크처럼 무언의 그라프가 서로의 가슴에 안착되어야 가능한 전희의 행위다. 사랑이라는 거리낌 없는 감정이 흐르고 서로의 열기가 합이 되어 그 농도가 최고점에 이를 때 이뤄지는 몽환적 애정 거래의 첫 단추가 바로 키스다. 찡하게 울리는 가슴을 다스려 상대의 눈빛 속에 표류하는 사랑의 표시이자 헤아릴 수 없는 무한의 세계를 넘나드는 애정의 표류 속을 만끽하는 원초적인 본능의 시작이다. 키스는 애증을 다스리는 치료약이며 고독을 사그라지게 하는 명약이며 눈맞춤으로 시작해 눈빛 거둠으로 끝이 나는 고도의 심리 흐름이 연출하는 명연기의 완성이다.

은밀한 유혹

밤이 깊어지면 깊어질수록 별다른 이유도 없이 입 안 가득 고이는 침이 자제할 틈도 주지 않고 양 볼을 타고 주책없이 흐른다. 무언가에 쫓기듯 눈길은 시계의 시침 언저리를 방황하고 있다. 밖이 어둑해지고 배꼽시계가 허기를 호소할 즈음이 되면 '오늘도 한 잔?'이라는 은밀한 유혹이 서서히 그 정체를 드러낸다. 그런 심적 갈등을 흔들기라도 하듯 TV에서는 전국에서 유명하다는 맛집 기행이 일제히 펼쳐지고 있다. 입심 좋은 패널들이 갖가지 미사여구를 동원해 남발하는 음식 예찬이 판을 친다. 보기에도 구미가 당기는 음식들이 쉴 새 없이 등장하며 화면을 장악하면 짓누르고 있던 인내심은 곧 바닥을 드러낸다.

부지런한 집게의 움직임에 어느새 불판 위에는 홍조 띤 삼겹살이 가지런히 누워있다. 가스에 불을 지펴 열이 가해진 불판 위로 지글지글 익어가며 내는 소리는 청각과 미각을 자극하기에 충분하다. 핏기 가신 삼겹살에 육즙이 흐르기 시작하면 단 한 번의 뒤집음만이 필요하다. 기름과 육질의 요란한 마찰음이 들리면서 앞뒤 구분 없이 누렇게 익어 가면 그때부터 손과 입이 분주해진다. 일류 미용사 뺨치는 가위 놀림에 정교하게 잘려진 삼겹살들이 불판 위에 누워 초조하게 젓가락의 왕림을 기다린다. 이때부터 섬세한 젓가락의 활약이 필요하다. 뇌의 지시를 받은 젓가락이 완벽한 안주 한 쌈을 완성시키기 위해 각종 반찬들이 즐비한 탁자 위를 종횡무진해야 하기 때문이다. 소쿠리 안에는 이미 갖가지 채소들이 점지를 기다리며 저마다 싱싱함을 어필하고 있다.

투명한 유리잔에 칠 홉 정도의 소주를 따르고 눈빛이 마주치는 자와 무언의 의식을 치르듯이 건배를 한다. '원샷!'이라는 정체 모를 행위에 따라 단숨에 들이키는 한 잔의 묘미는 마셔본 자만이 안다는 궤변을 찬양하기에 충분하다. 짜릿한 뒷맛의 소주가 지나간 입속엔 야무지게 싼 안주가 자리를 차지한다. 부드러운 상추 위에 깻잎 한 장을 곁들이고 약간의 식초와 고춧가루가 가미되어 새콤매콤하게 무쳐진 파채를 얹는다. 거기에 아삭거리는 고추와 불판에서 적당한 기름이 배어 구워진 마늘까지 가세하면 안주로서는 최고의 등급이 된다. 물론 육즙이 살아 흐르는 삼겹살 한 점의 가미는 안주의 화룡점정이라 할 수 있다. 입안에는 고기와 채소들이 배출하는 즙으로 흥건해진다. 부드러운 목 넘김으로 마무리되는 한 잔의 유혹은 시간을 무시한다는 단점만 빼면 완벽한 유혹이 될 수도 있는 아쉬움을 남긴다. 시간의 흐름에 따라 탁자 위에는 술병이 늘어나고 마시는 양에 비례하듯이 실없는 약조와 넉넉한

웃음이 덩달아 늘어간다. 이 은밀한 유혹이 주는 매력은 기분이 좋게 취하면 이해와 배려가 넘쳐흐른다. 세상 모든 것들이 아름답게 보이고 모든 사람들이 다 벗처럼 느껴지게 만든다. 거기에 연륜까지 쌓이게 되면 아내의 잔소리도 안주가 되는 가히 酒神의 경지에 오르게 된다.

은밀한 유혹으로 이뤄진 한 잔의 여유는 삶의 활력이 된다. 간혹 있는 지인들과의 술자리는 더러 사회생활에 있어 큰 자산이 될 수도 있다. 단 한 가지 너무 과하지만 않으면 말이다. 즐거움으로 시작해 그 느낌으로 끝난다면 세상의 모든 아픔까지도 치료할 수 있는 명약이 될 수 있다는 것이 나만의 추론은 아닐 것이다. 술은 배가 고플수록 맛이 난다는 주당만이 아는 진리를 곱씹으며 밤마다 이어지는 은밀한 유혹과의 사투는 아마도 쉽게 끝이 날 것 같지 않다. 아직도 밤이 되면 예민해진 혀끝으로 지난밤 안주의 잔해들이 한 번의 어김도 없이 스며들어와 침샘을 자극하며 은밀하게 유혹을 시작한다.

늘

머무르고 있다는 느낌을 표시 없이 건네는 '늘'은 생각만 해도 정감이 있고, 한편으론 절실하다는 마음을 표현하고 있다. 몸과 마음은 떨어져 있어도 어느 한구석에서는 하염없이 바라보고 있다는 끊이지 않고 이어지는 시간을 초월한 가슴이 전하는 말이다.

언제부터인가 상대를 바라보는 시각의 변화가 가깝게 느껴지기 시작했을 때부터 자연스럽게 입에 밴 '늘'이라는 말은 내게는 최고의 표현이고 나름대로 타인에게 건네는 친근한 언어이다. 평소 강한 성격 탓에 맺고 끊음이 강해 나보다도 곁에 있는 가족들에게 부담을 주기도 했다. 자신만의 잣대로 그어놓은 상식선을 벗어난 행위를 하는 사람들을 쉽게 이해하려 하지도 않았고, 더욱이 화해를 하기에는 자존심이 상한다는 생각으로 가득해 결코 먼저 손을 내밀기가 쉽지 않았다. 하지만 어느 순간부터 아니 시간이 흘러 연륜이라는 명약에 서서히 치유된 탓인지 지금은 자그마한 선물을 건넬 때나 마음을 전할 때면 못 쓰는 글씨

지만 작은 메모지에 항상 정성을 다해,

늘 감사합니다.

늘 사랑합니다.

늘 행복하세요,라는 글을 곁들여 건네준다.

한때 강한 척만 했던 내 모습과는 어울리지 않지만 좋지 않은 습관을 고치고 한발 더 다가서고 싶은 마음에 늘 그렇게 하고 있다. 어찌 보면 쉬운 말 같지만 그래도 상대에게는 나라는 존재가 늘 당신 곁에 머무르고 있다는 짧지만 강한 메시지를 건네는 것이다.

'늘'이라는 말은 조용하지만 늘 살아 있어 좋다. 진행형처럼 들리지만 선뜻 눈에는 띄지 않게 다가서서 좋다는 말이다. '늘'은 느낌만으로도 알 수 있고, 수줍게 교감을 할 수도 있는 가슴속에서 살아 움직이는 말이라서 좋다.

늘 기다릴께요.

이 한마디에 절실함이 배가 되기에 한껏 애틋함을 전해주는 말이다.

그래서 늘 쓰고 있기도 하고

늘 내 마음의 울림이기도 하다.

새벽 손님이 준 선물

동이 트기 직전 산책길에 나섰다. 몸에 와닿는 체감 온도가 제법 쌀쌀하다는 말이 어울릴 정도로 서서히 동장군 맞을 채비를 하려는 찬 기온이 두 볼을 스칠 때마다 섬뜩한 기분이 든다. 나도 모르게 움츠린 몸의 각도에 따라 시선도 자연스럽게 땅을 향한다. 무심히 밟혀 쓰러진 채 퇴색되어버린 잡초들 사이로 밤사이 하얗게 색칠하며 소복하게 올라앉은 서리가 꽃을 피우듯 특유의 수줍음으로 눈길을 사로잡는다. 잠깐 사이 움츠렸던 몸과 마음이 절로 펴지면서 행복한 눈길로 그들을 바라본다.

하얀 자태로 몽실몽실하게 꽃봉오리로 피어나 풀잎을 감싸 안은 것이 있는가 하면 접근을 거부하듯 날카롭고 투명한 몸으로 서로 겹겹이 껴안아 방어의 자세를 취하는 것들이 서로의 영역을 지키며 불청객의 방문을 불안스럽게 바라보고 있다. 가만 다가가 바라보니 그 순백이 하염없이 곱고 영롱함이 눈부시다. 투명 크리스털을 닮은 것이 밝고 빛나

는 자태를 뽐내고 있어 지닐 수만 있다면 꼭 지니고 싶다는 욕심을 들게 한다. 설탕 가루를 뿌려놓은 것처럼 소담스럽게 핀 꽃봉오리는 자꾸 손으로 만지고픈 헛된 욕심을 드러내게 한다. 순간 호기심을 참지 못하고 많지 않은 군락 속에서 가장 탐스럽게 핀 한 녀석에게 손끝을 대본다. 찬 기운이 닿아 움찔한 손끝에는 세상에서 가장 맑고 깨끗한 액체가 한 방울 묻혀있다. 선물일지 목숨을 바친 저항일지는 모르겠지만 떨어진 손끝 형태로 일그러진 꽃봉오리 모습에 이내 죄를 지은 것 같은 마음이 들어 얼른 한걸음 물러나 바라만 보기로 했다. 내쉬는 숨의 온기조차도 이들에게는 힘겨움이 될 수 있다는 것을 느낀 까닭이다.

짧지만 시간이 지날수록 밝아오는 빛 때문일까? 작은 생명들은 벌써 모습을 감추고 있었다. '아하! 시간을 알리는 빛이 이들의 운명을 지배하는구나!' 뒤늦은 깨달음이다. 멀리서 더 강한 붉은빛이 비춰온다. 나도 모르게 손바닥을 펴 그들을 가려 준다. 다는 가릴 수 없지만 최대한 두 손을 펼쳐 이들에게 그늘막을 만들어 주고 싶었다. 그러자 고마움의 표시인지 부끄러워 그러는 것인지 온몸이 붉게 물들어 간다. 그런 그들을 바라보니 갖은 상념에 젖는다. 탄생과 소멸이 짧은 운명을 지닌 이들은 무슨 생각을 할까? 더 안전하게 삶을 유지하고 더 아름답게 꾸미고 사는 꿈을 꾸기는 하는 걸까? 피식 웃음이 난다. 번뇌를 달고 사는 인간이 아닌데, 무슨 그런 과욕을 이런 생명에 비유하나 싶어 삶에 오염되어 가는 자신을 탓해 본다.

시간이 더 지나 햇살의 강도가 더해지니 서리꽃의 색깔은 다시 원래의 순백과 투명한 색감으로 옷을 갈아입는다. 하지만 그것도 잠시, 이내 자신들에게 다가온 운명을 감지했는지 아이 입김에 녹아내리는 솜사탕처럼 몽실몽실한 몸에서 눈물이 흘러내린다. 서로를 감싸 안은 이들은 서서히 포옹을 풀고 이별을 준비하듯 땅에 주저앉아 원초적인 액체로 변해가며 아직은 냉하지 않은 지열의 도움을 받아 땅속으로 스며든다. 탄생의 시간은 서로 모르지만 소멸의 시간은 미리 점지하고 왔는지 별다른 저항도 없다. 즈려밟으면 사각거리는 비명소리가 들릴까 봐 조심스레 내딛던 발길도 허사가 되어 버린 시간이다. 표현도 못 하는 여린 생명이 자신의 의지와는 상관없이 소멸되는 운명을 바라봐야 하는 지금 가슴이 저민다. 무얼 그리 급해 이들을 소멸로 인도하려고 잠깐의 여유도 주지 않고 비춰오는지 햇빛이 야속하기만 하다.

이른 새벽 길가에서의 일정에 없던 대면은 이렇게 끝났다. 내가 그들을 영접한 주인인지 그들이 내게 온 손님인지는 모르겠지만 감정이 있는 내가 잠시라도 느낀 감동을 눈치도 없이 덥석 가져가는 것 같아 미안한 마음이다. 늘 스치듯 걷던 그 길가에 잠깐의 탄생으로 행복함과 아련함을 건네주고 간 생명들, 찰나의 만남으로 존재를 알고 만끽했던 순간들은 다시없을 행운이다. 어쩌면 예약도 없이 대면한 작은 서리꽃의 존재는 습관적으로 대하던 모든 사물이나 생명들에게 어떻게든 소홀히 하지 말라는 경종을 주고 떠난 따끔한 회초리와도 같은 교훈이자 세상에서 가장 작고도 여린 새벽 손님이 내게 준 선물이다.

바라만 보기

손길이 바쁘다. 평소 눈여겨 봐두었던 사물에 접근을 하여 자신이 구상했던 모습으로 렌즈에 담아보려 애를 쓴다. 카메라 렌즈에 여러 각도의 모습이 담길 때마다 떠올랐다가 사라지는 얄팍한 자신감과 자괴감은 기분에 따라 생각에 따라 현격한 차이를 보인다. 시들어가는 꽃에서 묘한 생명력을 느낄 때가 있는가 하면 풀 죽은 절망적인 모습이 그려지는 차이는 자발적으로 시각이 갖는 미세함에 있다. 현실적인 모습과 렌즈 속에서 펼쳐지는 피사체는 여러 형태를 띠며 다양한 모습을 드러낸다. 더러는 현실과 다르게 포토샵이라는 이름으로 행해지는 테크닉으로 평범한 얼굴조차도 절세미인으로 탈바꿈하는 신비를 보여준다. 그러나 원형이 심하게 훼손되어 진실 여부에 의구심을 증폭시키는 다양한 기술들의 난립은 인위적으로 난해한 시각 차이를 양산한다.

볕이 좋아 산책길에 나서서 마주하는 모든 사물들은 싱그럽고도 신비하다. 평소 관심도 없이 지나치던 들꽃에 말을 걸어보기도 하고 손끝으로 매만져 본다. 걸음을 옮길 때마다 보여주는 새로운 모습에 절로 감탄을 하고는 작은 가방 속에 챙겨 온 카메라를 꺼내 나만의 시각으로 각도를 잡아 최선을 다해 들에 핀 생명들의 모습을 찍기 시작한다. 작은 거실에서는 느낄 수 없는 삶의 흔적들이 고스란히 보이는 자연 속 생명, 모처럼 대답 없는 그들에게 다가서서 스스럼없는 손짓을 한다. 손끝을 간질이는 여린 잎과 꽃은 가슴을 설레게 하고, 코끝을 스치는 향내는 답답했던 가슴을 열게 한다. 마음속 어느 곳에 숨어있던 여린 감성인지 계절의 변화에 둔감해지는 나이에 들어서서도 이런 감정으로 사물들을 대하고 있음이 한편 감사하다.

처음부터 관심 밖의 사물에게 갖는 갑작스러운 호기심은 손에 쥔 장난감을 잘 가지고 놀다가도 까닭 없이 내던지는 아이와 같다. 바라만 봐도 힘겨울 그들에게 영원히 간직하고 싶다는 변명으로 사진기 앞에서서 코를 들이대고 목을 당겨 친근감을 표시하는 등 테러에 가까운 행위를 일삼는다. 어두운 밤에는 술에 취한 거친 걸음이 보이지 않는다는 핑계로 그들에게 상처를 입히고, 더러 생명에 위험을 초래할 행동이 자연스럽게 이루어지며 무심결에 해침을 줬을 그들에게 지금은 염치없는 화해의 손길을 내밀고 있다. 간사한 인간의 마음은 언제나 어디에서나 자기 마음먹은 대로 행하고 자신만 만족하면 되는 이기주의가 몸에 배어있기 때문이다.

자신이 바라본 시각은 접어두고, 잠시라도 그들이 되어 그들만이 지

닌 생명의 흐름을 읽을 수 있다면 이런 무례는 저지르지 않아도 될 듯 싶다. 인간의 욕심이란 한이 없어 보면 만지려 하고, 만지면 마치 제 것인 양 함부로 대하는 습성이 생긴다. 아름다움은 그 자체로 두고두고 보며 여유를 가질 수는 없을까? 내가 그들인 양, 한걸음 물러서서 여유로 보는 시각의 차이를 좁힐 수는 없을까? 좀 더 배려하는 마음가짐은 시각에서 오는 마음 끌림을 잘 다스려 소소한 자연 생물과의 대면에서도 그들이 상처받지 않고, 언제나 그 자리에서 삶을 즐기고 아름다움을 뽐낼 수 있는 배려 아닌 배려를 할 시각이 필요하다. 그들도 나를 바라보고 있다는 서로의 시각 차이도 존중하면서 말이다.

단비

뭔가 발끝을 간질인다. 흠칫 놀라 눈을 뜨니 눈앞은 칠흑인데 어디선가 시원한 바람이 불어온다. 잠결에 밤새 틀어놓은 선풍기 바람이 나를 또 깨우나 했더니 선풍기는 과부하로 인해 휴업 중이다. 이불깃을 들추고 일어나 바람의 근원지를 찾아 창가로 향했다. 섬뜩하면서도 간지러운 느낌이 피부를 기분 좋게 휘감아 돈다. 베란다 창문의 방충망을 뚫고 불어오는 자연풍이다. 간만에 맛보는 시원함이 선잠에서 나를 탈출시켰다. 창가로 다가서니 귓가를 울리는 무언가가 나를 기다리고 있다. 긴 더위 끝에 대지를 적시는 단비가 내리는 소리였다. 더위에 지쳐 내내 열어놓았던 베란다 창문 틈으로 어느새 빗물이 스며들어 바닥이 흥건하다. 서둘러 창문을 닫았을 테지만 오늘은 아니다. 반갑고도 고마운 존재의 출현을 한껏 즐기고 싶어졌다. 방충망마저 열고 고개를 내밀어 창밖 도로를 바라보니 어둠마저 신선해 보인다. 마침 아파트 옆을 가로질러 질주하는 차량들이 내뿜는 소리가 다이내믹하게 들린다. 더위와의 싸움에 지쳐 타이어가 타는 듯한 소리만 들리던

도로에는 밤사이 세차게 내리는 빗줄기로 인해 질주하는 자동차들이 F1 경주하듯 살아있는 사운드를 들려준다. 가슴속까지 시원하다.

근 한 달도 넘게 하늘은 기상청의 무능을 조롱하듯 변화 한 번 없이 뜨거움만을 고집했다. 연일 전해지는 폭염 경보에 사람들이 지쳐가도 하늘은 끄덕도 하지 않았다. 푸르던 식물들도 축축 늘어져 제 빛깔을 잃고, 지열로 느끼는 걸음걸이의 불쾌감은 최고조에 달했다. 카페로 영화관으로 에어컨이 돌아가는 장소라면 어디든 피서 삼아 달려가 해가 지기만을 기다리다 귀가를 하면 찜질방처럼 잘 데워진 집이 겨우 추스른 몸에 진득한 땀을 선사한다. 쉴 새 없이 돌아가는 선풍기에게 미안해 보기도 처음이다. 작은 모터가 펄펄 끓을 정도로 켜놓고 지냈으니 그의 원망도 고열만큼이나 들끓었다.

계절의 섭리가 준 잠깐의 기쁨도 잠시, 창밖 저 멀리로부터 서서히 어둠이 걷힌다. 저곳이 저렇게 푸르렀을까 싶을 정도로 눈앞에 펼쳐진 창밖 푸르름이 정겹다. 인간과 대지를 그리고 더불어 사는 온갖 생명들에게 타는 목마름만 주고 더위에 지쳐 넋이 다 빠질 지경으로 몰아놓고, 그런 악행이 미안해서인지 슬며시 모두가 잠든 밤을 택해 비를 몰아다 주는 것 같아 슬며시 웃음이 난다. 짙어진 신록을 구경하다 오늘은 하늘이 베푼 작은 배려에 답을 하듯 아내의 출근길에 기사를 자청하기로 했다. 가끔은 아내의 요구 사항이기도 하지만 귀찮음을 내세워 자주 거부한지라 모처럼 아량을 베풀기로 한 것이다. 여느 때와 마찬가지로 출근길 도로는 차량으로 가득 차 있지만 왠지 시원함을 느낀 운전자들의 표정은 여유로워 보인다. 곁을 지나는 차들이 내뿜는 흙탕물이 정겨워 보이기도 오랜만이지만 차창을 타고 흘러내리는 빗물이 싱그럽기도 참 오랜만이다. 강풍을 켜고 있어도 시원함을 느끼지 못하던 에어컨이 한순간에 무용지물이 되어 버린 이 현상이 신기하기만 하다. 잠시만 스쳐도 끈적거림에 밀쳐내던 아내의 손길에 따스함이 전해진다. 조잘대는 아내의 말이 차창을 때리는 빗소리와 섞여 귓가를 맴돈다. 바삐 움직이는 와이퍼를 천천히 돌려본다. 빗물이 내 얼굴을 적시는 듯한 착각을 일으킨다. 이렇듯 자연은 변덕스러운 대처로 인간의 간사함을 시험하기도 하나 보다 싶어 웃음이 절로 난다.

문득 비 같은 사람이 되라던 선배의 조언이 떠오른다. 비는 내릴 때는 추적거리고 우산을 챙겨야 하는 귀찮음을 주지만 빗줄기가 쓸고 지나간 곳은 언제나 깔끔하게 정리되어 모두의 마음을 맑게 해준다던 그 말이 모처럼 가슴에 와닿는다. 늘 자신을 돌아보고 스스로에게나 남들에게나 피해를 주지 않는 그런 사람이 되고 싶다는 생각이 든다. 이 아침 나를 바라보며 작은 행복에 미소를 짓는 아내처럼 말이다. 말쑥하게 차려입은 신사처럼 저마다의 개성 있는 색깔로 자태를 뽐내는 길가의 식물들을 바라보니 인간이나 자연이나 제때 제자리에서 받을 수 있는 혜택을 받아야 제 모습을 유지하며 살 수 있다는 생각이 든다. 간혹은 의욕이 너무 넘쳐 피해를 주기도 하지만 간혹은 이렇게 많은 이들에게 행복을 주는 그런 존재가 되고 싶다는 다짐이 빗줄기처럼 더욱 세차게 다가오는 아침이다. 인생을 잘 살아가라는 단비가 주는 꿀팁을 가슴에 새겨놓는 의미 있는 하루의 시작이기도 했다.

이유 있는 이별

모든 감정을 정리하고 돌아서서 다시는 보지 않으리라는 다짐 속 절연이 주는 아픔은 절망 그 이상이다. 매몰차게 돌아서고도 마음 아파하는 게 나약한 인간의 본모습은 아닐까 한다. 여러 가지 이유를 지닌 이별. 그 안에는 눈물, 후회, 홀가분한 기분 등의 심적인 반응을 느낄 수 있다. 이별을 하고 잊을 만하면 또 다른 인연이 이어지는 게 인생의 흐름이다. 하지만 소중히 여겼던 것들의 실체가 사라지고 뇌리에서 지워야 하는 아픔을 경험해 보지 않은 사람은 결코 이별이 주는 무한의 힘겨움을 알 수가 없다.

막장 드라마가 대세라는 한탄을 내뱉으면서도 시청률은 계속 치솟고 있다는 이상기류를 분석하는 기사를 본 적이 있다. 철모르고 사랑한 남자가 유부남이었다는 사실과 본부인의 행패에 분노를 느껴 같은 시기에 출산한 아이를 바꿔 키운다는 불행한 이야기. 자신이 낳은 자식과 생이별을 하고 황폐해진 가슴으로 살아온 기구한 한 여인이 기른 자식과 낳은 자식 사이에서 갈등하는 드라마. 매회 펼쳐지는 긴박한 스토리는 과연 실생활에도 저런 일이 일어날 수 있을까 싶을 정도로 슬픔과 안타까움을 전해주고 있다. 보편적인 드라마가 그렇듯 한 아이는 풍요한 집에서 잘살고, 그 반대는 불우하게 일생을 지내게 된다. 여자가 한을 품으면 오뉴월에도 서리가 내린다는 옛말처럼 얼마나 배신감을 견딜 수 없었으면 남이 낳은 자식을 애써 키웠을까, 하며 혀를 찬다. 하지만 몇 회를 시청하고 나니 그 당시 여인은 고아인 단신 처녀로 먹고살기 힘든 처지였고, 그 상대는 부유했기에 그런 결정을 내렸다고 이해를 할 수 있다. 훗날 이를 악물고 산 여자는 크게 성공을 하였지만 자신이 바꿔치기한 실제 자기 자식은 수소문을 한 결과 상대의 집이 도산을 하여 아주 비참한 생활을 하며 자랐음을 알고 오열하고 만다. 그 후 이별의 기간을 보상하려는 듯 집요한 계획으로 자식을 가까이에 두고 기른 자식이 질투를 할 만큼 집착을 보이다 결국 만천하에 사실이 밝혀진다. 버려진 자식은 자기를 바꿔치기한 엄마를 용서하지 않아 결국 양가에 풍파를 일으키며 서로 씻을 수 없는 상처가 되어 피눈물로 다시 역 이별을 맞이한다는 이야기다.

우리는 상황을 이해해 주기보다는 인간이 만든 기준을 제시하며 평가를 한다. 누구는 선한 인간으로 누구는 악인으로 선택되어 태어나지는 않는다. 주어진 환경에 영향을 받아 선함과 악함으로 마음이 기울어 가는 것이다. 사람을 만나 사랑하고 행복을 누리다가 때가 되면 죽음으로써 자연스러운 이별이 된다면 삶의 이야기는 탈 없이 마무리된다. 하

지만 다른 힘에 의해 강제적으로 헤어져 산다는 고통은 평생의 한으로 남아 누구를 증오하고, 복수를 꿈꾸며 걷잡을 수 없는 파탄의 길을 가게 된다.

사랑으로 시작해 사랑 때문에 생긴 이별이라면 현명한 이성으로 얼마든지 극복할 수 있고, 시간이 지나 다시 행복을 찾는다면 그다지 큰 고통은 따르지 않는다. 마음가짐이 필요하겠지만 재회의 가능성이 있는 이별과 돌이킬 수 없는 이별은 다르다. 타의에 의한 이별은 영원히 잊지 못할 아픔이 되어 두고두고 곱씹으며 다른 부작용을 양산해 낸다. 이별은 헤어짐이라는 간단한 공식 같지만 그 안에 숨어있는 이별의 조건은 인간이 가질 수 있는 선과 악의 그늘에 있다. 지금껏 쌓아온 삶의 바탕을 흔드는 아픔을 가져올 뿐이다. 인간이 가장 두려워하는 감정의 단절, 하늘이 무너진다는 표현이 어울리는 아픔, 그것이 바로 인간이 두려워하는 이별인 것이다.

뜬잠

몸은 노곤한데 정신은 쉽게 안식에 들지 못한다. 이불 속에서 뒤척이기를 수없이 반복한다. 갱년기 증상도 아닌데 몸은 달아오르고 등줄기에는 벌써 식은땀이 배어있다. 소풍을 기다리는 초등학생도 아니고, 불타는 데이트를 앞둔 청춘도 아니다. 다음날 이른 시간에 일정이 잡히면 일어나는 현상이다. 손을 뻗어 당겨진 휴대폰 시계는 이미 새벽을 향해 간다. 스테레오로 들리던 창밖 소음이 서서히 모노로 들려온다. 산만해진 정신을 하나로 끌어모은다. 자자. 자야 한다.

모두들 부산하다. 더러는 이리저리 뛰고, 더러는 주저앉아 한곳을 응시한다. 소나무 껍질을 만져보고 박힌 돌을 뒤집어 본다. 옆에는 달갑지 않은 환호성이 들린다. 보물찾기에 나섰는데 오늘도 허탕인지 도통 접은 종이가 보이질 않는다. 순간 먼발치에 넓은 나뭇잎 위의 하얀 종이가 보인다. 냅다 달려 종이를 손에 넣는 순간 알 수 없는 소음에 놀라 눈을 떴다. 새벽잠을 깨신 엄마가 김밥을 싸려고 스테인리스 그릇에 밥

을 옮기시다가 그릇끼리 부딪힌 소리였다. 억지로 달래서 잠에 들었는데 뜬잠이 되었다. 꿈이었지만 귀중한 보물을 겨우 찾았는데 산통을 깨고 말았다. 그래도 그때는 고소한 기름과 나물이 어우러진 냄새를 맡으며 다시 꿈을 청할 수 있어서 좋았다.

이 옷 저 옷을 다 걸쳐 봐도 마땅한 것이 없다. 술 마실 돈으로 변변한 옷이라도 몇 벌 사 놓을 걸 하는 후회가 밀려온다. 마음은 벌써 카페 문을 열고 있는데 아직도 옷 타령에 시간만 간다. 뭐 하는 짓이냐며 자신에게 핀잔을 던져도 이미 구겨진 감정은 쉽게 추슬러지지 않는다. 단아한 몸짓의 그녀를 떠올리면 미소가 절로 지어진다. 찻잔을 잡은 여린 손, 차를 마시는 얇은 입술, 여간해서는 치켜뜨지 않아 신비스러운 골진 쌍꺼풀. 그 앞에 마냥 촌스런 모습을 한 내가 보인다. 뭔가 감동스러운 말이나 듬직한 행동을 해야 한다는 압박감에 떨어서인지 온몸이 굳어만 있다. 히죽거릴 뿐 선뜻 입이 열리지 않는다. 그래도 뭔 말이라도 해야지 하며 말문을 여는데 땡그랑하며 카페 문이 요란스럽게 열리면서 잠에서 뛰쳐나왔다. 한숨이 저절로 나오며 짧게 마무리지어 버린 뜬잠 속 데이트에 아쉬움의 혀를 찬다.

조급증은 아닐 텐데 왜 이러는지 싶다. 밤새 확인하는 시간은 더디만 간다. 한참을 잔 것 같은데 겨우 20분이 흘렀다. 별 하나 나 하나 하며 거꾸로 세면 잠이 온다는 민간처방은 고질적인 증상 앞에서는 맥을 못 춘다. 어쩌다 흥미로운 추억을 하나 꺼내들면 거기에 스토리를 첨가하다 과부하가 걸려 괴상한 이야기 속에서 헤매다 악몽으로 이어지는 경우가 있어 조심스럽다. 뜬잠은 다음날 피곤함을 동반해서 괴로움을 주기도 하지만 많은 생각 속 흐름을 내 마음대로 만들 수 있다는 장점도 있다. 거의가 허망으로 끝을 맺는 생각거리이지만 잠이 드는 간격에 따라 스토리를 단편이나 장편으로 전개할 수 있는 흥미로움이 있다.

자자. 자야 한다. 결집된 다짐이 오히려 불면을 초래하는가 싶어 다시 주문을 건다. 리모컨을 작동해 다시 TV 쪽으로 정신세계를 유도하는 작전도 있지만 쉽지 않은 선택이다. 이불 속 피곤은 극에 치닫고 있다. 온갖 근육이 풀어지고 눈꺼풀도 내려앉은 지 오래다. 숙면이 될지 다시 뜬잠에서 허덕일지는 아무도 예시해 주지 않는다. 다만 내일의 설렘을 최소화해서 무덤덤함으로 격하시키는 일이 우선시되어야 편안한 안식이 된다. 한 번도 거르지 않는 이 번거로움이 성격이 주는 걸림돌이 되기는 하지만 내게 주어진 천성이 그렇다면 뜬잠 속 묘미를 택할 수밖에 다른 방법이 없다. 다만 장르는 단편으로 끝나는 해피엔딩이길 바라면서 말이다.

붙박이 선행

누구는 너무 많아 불편한 것이 누구에게는 너무 적어 불만이라는 모발은 하루에 대략 0.2mm~0.5mm가 자라고, 한 달에 1.2cm~1.5cm가 자라는 애틋함이 있다. 그저 시간이 흐르면 표시도 없이 자라 보기에도 거슬리고 지저분하다는 이유로 사정없이 잘라버리는 머리카락. 있는 이에겐 그저 그런 신체의 일부지만 병고로 인해 자신에게서 사라졌다면 그 아픔의 크기는 가름할 수가 없다. 그저 멋으로, 개성을 지킨다는 이유로 세상의 시각을 거슬러 남자가 길게 머리를 기르고 다니다 어느 누구에게는 멋과 개성을 떠나 절실하다는 사실을 알고 난 후엔 머리카락 한 올에 대한 소중함을 다시 느끼게 되었다. 어쩌면 덤처럼 주어지며 그저 신체의 일부분으로 자라는 머리카락에 대한 생각이 바뀐 것은 우연한 기회였다.

지리산 청학동에 사는 것도 아니고 여자도 아닌 남자가 머리를 길게 길러 질끈 묶고 다니는 자체가 많은 이들의 이목을 집중시키기는 했다. 스스럼없이 잘 지내고 있는 듯 보이지만 힐끗 보이는 타인의 눈빛이 곱지 않음이 편하지는 않았다.

사회생활 중에 일이 잘 풀리지 않아 반듯한 삶을 포기하듯 지낸 적이 있다. 누구의 간섭도 조언도 멀리한 채 나만의 공간을 만들고, 그 안에서 자유로운 영혼이 되어 먹는 거부터 입는 거와 부모가 물려준 신체를 훼손해서는 안 된다는 억지를 실행하며 머리도 이발을 거부하고 몇 년을 길러 급기야 머리끈을 사용해 묶고 다니기 시작했다. 역행하는 패션에 따른 후폭풍은 상상 외로 까칠하게 밀려왔다. 목욕탕을 가면 힐끗힐끗 쳐다보는 눈길은 예사이고, 어르신들은 못마땅하다는 눈길을 노골적으로 보내고 있었다. 화장실에서 소변을 보고 있을 때도 무심코 들어왔던 사람이 내 뒷모습을 보고 여자 화장실인 줄 알고 놀라 나갔다가 다시 들어오는 우스운 상황이 벌어지기도 했다. 지인들 중에 더러는 어울린다는 말로 이해해 주지만 그중 강력하게 거부감을 표시한 건 장모님이셨다. 교육자 집안의 사위이고 아내 역시 교육자라는 이유 아닌 이유로 사위의 변한 모습을 보고 싶지 않다는 거부감을 내세우셨지만 청개구리 같은 사위는 한 술 더 떠 수염까지 기르고 다니니 더는 고집을 꺾을 수 없음인지 딸 가정의 평화를 지켜주려 하셨는지 결국 내 사위가 하니 어울린다는 말로 노여움을 푸셨다.

나름 멋과 개성을 살려 자기만족을 실행하고 있을 때 스치듯 던진 한 지인의 말이 패션의 자부심에 왠지 모를 부끄러움을 느끼게 했다. 멋도 중요하지만 무작정 기르는 것보다 소아암 어린이에게 가발을 만들어 주는 단체가 있는데 그곳에 한번 기부를 하는 것이 어떠냐고 했다. 검색을 해보니 기부 조건은 25cm 이상이어야 하고, 펌 머리나 염색머리는 안 된다는 거였다. 내용을 알고 난 후 순간 무엇에 끌린 듯 미용실로

달려가 머리를 자르고 기부에 동참을 했다.

태어나 선한 일 한 번 하기 어려운데 나만의 멋도 유지하면서 저절로 자라는 머리카락을 때가 되면 미련 없이 잘라 거창하지만 기부를 하는 기쁨은 해본 사람만이 알 것이다. 처음에는 자랑질하는 것 같아 기부 내용을 숨겼지만 좋은 일도 여럿이 하면 그 뜻이 더 깊어질 것 같아 주위에 알리고 나니 지금은 서너 명의 지인도 동참하게 되었다. 구전에 따르면 남편의 친구가 오랜만에 찾아왔는데 대접할 능력이 없어 머리카락을 팔아 술대접을 했다는 웃지 못할 얘기는 액면 그대로 설이지만 그보다 더 절실한 사연을 지닌 이들에게 조금이나마 기쁨을 줄 수 있다는 것과 선행이라는 낯선 단어를 스스로 행하고 있다는 것이 나름 자부심으로 여겨진다.

더디 자라는 머리카락을 빗고 있자면 야한 생각을 하면 빨리 자란다는 속설이 맞는지 궁금해지기도 한다. 그만큼 더 빨리 자라길 바라는 마음이 앞서는 까닭이다.

누가 묻는다. 언제까지 머리를 기를 거냐고. 실낱같은 소망으로 살아가는 이들에게 작은 기쁨을 주는 일이기도 하지만 이제 겨우 붙박이 선행으로 자리잡은 소중한 과업을 지키기 위해 자기를 바라볼 때 더는 추하게 보이지 않을 때까지 기르고 자름을 계속할 것이라고 이제는 불편한 시선을 주는 이들에게 조심스럽게 말해주고 싶다. 멋을 부리기 위해 기르기 시작했지만 지금은 작지만 선행을 하기 위함이니 조금만 너그러운 눈빛으로 바라봐달라고….

개멋짐

모처럼 한껏 차려입고 현관을 나서는데 평소 아버지가 하는 일에는 관심도 없던 아들놈이 배웅을 한답시고 나와서 한다는 말이 "와! 아버지 오늘따라 개멋지네요." 한다. 살면서 고지식하다면 누구한테도 지지 않는 나로서는 귀를 의심해야 했다. 들려오는 말도 말이지만 아들이 아버지한테 한다는 표현이 개…라니 순간 화가 치밀어 "뭐라고?" 하며 언성을 높일 찰나에 아내가 내 팔을 잡아 이끌며 밖으로 나오더니 오히려 나에게 질타를 한다. 촌스러워 대화가 안 된다느니, 거기에 덧붙여 시대감이 뒤떨어졌다느니, 저러니 세대 차이가 난다느니, 실로 어이가 없는 말만 쏟아낸다. 화를 내며 대신해서 아들에게 혼을 낼 줄 알았는데 적반하장도 유분수였다. 이유를 몰라 하는 내게 들려준 아내의 설명은 웃어야 할지 다시 화를 내야 할지 모를 정도로 내겐 쇼킹한 내용이었다.

개멋있다, 라는 말은 요즘 신세대 아이들이 즐겨 쓰는 표현으로 즉 정

말 멋있다는 뜻이라고 한다. 하필 '정말', '진짜'라는 뜻에 개라는 단어를 섞어 사용하는지 모를 일이다. 개는 인간의 사랑을 받는 반려동물 중에 하나이다. 하지만 거기에 비해 개라는 명칭은 별로 유쾌하지 않는 표현, 즉 욕설에는 꼭 약방의 감초처럼 사용되고 있다. 개놈, 개XX, 개똥같은 소리 등등 참으로 귀에 담기 거슬리게 사용되는 명칭이 어느새 신분이 상승되어 최고라는 표현을 밀쳐내고 그 자리에 적절하게 쓰이는지 의문스럽기까지 했다. 다른 때 같으면 저런 표현에 개소리한다고 했을 테지만 칭찬이라 그런지 그들 표현이 밉지 않은 걸 보면 나 자신도 참으로 놀라울 일이다.

보통의 남자들과는 다른 헤어스타일로 주위의 시선을 받고 있기에 가끔은 남들의 반응이 어떨지 궁금하기도 했다. 지리산 청학동에 사는 소년처럼 길게 기른 머리를 고무줄로 묶고 있어서 뒤에서 보면 여자 같다는 오해를 종종 받고는 했다. 황당하지만 새로운 단어를 접한 그날도 늦도록 운동을 한 후에 샤워를 하고 자연 바람에 머리도 말릴 겸 해서 긴 머리를 풀어헤치고 자전거를 타다 횡단보도에서 신호를 기다리는데 길 건너에 있는 한 무리의 학생들이 손가락질을 한다. 분명 나를 지목하는 것 같았다. 뭐라고 서로 대화를 나누면서 웃는데 약간 기분이 찝찝했다. 신호가 바뀌고 힘차게 페달을 밟아 머리를 휘날리며 달려 나가자 아까의 그 학생들이 일제히 "와! 쩐다 쩔어!"라며 합창하듯 탄성을 지르는 거였다. 혹시나 해서 돌아보니 학생들이 내게 엄지손가락을 들어올리더니 도망치듯 뛰어가고 있었다. 쫓아가 다시 물을 수도 없고 처음 듣는 단어에 요즘 아이들은 예의가 없다는 선입관이 먼저 들어 기분이 별로였다. 집으로 돌아와 같은 또래인 아들에게 무슨 뜻인지 물으니 아들이 답을 미룬다. 행여 자기 아빠 기분이 상할까 봐 답을 안 하나 싶어 다그치니 "멋지다. 멋져."라는 뜻으로 쓰인다며 실실 웃는다. 멋지면 멋지다고 할 것이지 "쩐다. 쩔어!"가 뭐냐고 했지만, 보는 눈은 높아서 할 말은 하고 유쾌하게 도망치던 학생들 생각에 혼자 쓴웃음을 지어야 했다.

몇 년 전부터 젊은이들이 즐겨 사용하는 줄임말을 모르면 꼰대(시대에 뒤처진 사람) 취급을 받는다고 한다. 옷만 세련되게 입는다고 다 현대인이 아니라 차림은 개멋져도 품행이 무지개매너(무지 매너가 없음)면 인싸(무리에 잘 어울리는 사람)가 될 수 없다는 것이다. 옷도 꾸안꾸(꾸민 듯 안 꾸민) 해야 사람들이 할많하않(할 말은 많지만 하지 않는다) 한다는 거였다. 나 같이 문학을 하는 사람이면 문찐(문화에 소외되어 트렌드를 따라가지 못하는 사람)이 되지 않도록 열공(열심히 공부)을 해야 한다는 웃지 못할 상황들이 너무나 쉽게 퍼져 나가고 있다. 아프리카에 사는 부시맨을 인터뷰할 때 여러 부족의 언어 통역을 거쳐야 겨우 소통이 될 때만 해도 남의 일인 줄 알았지만 그런 시기가 우리 앞에 펼쳐질 날이 멀지 않았음에 두려움이 있는 것도 사실이다. 한집에 사는 부모와 자식 간의 대화가 뜻조차 알 수 없다면 어떠한 일이 벌어질지 상상이 되질 않는다.

시중에는 인용 + 줄임말 모음집이 생길 정도로 유행을 타고 있는 모

양이다. 그렇다고 이 또한 시대를 이끄는 하나의 문화이기에 무작정 거부할 수도 거부해서도 안 되는 젊은이들의 가벼운 언어생활에 걱정이 앞서기는 한다. 즐기자고 던지는 애교 섞인 여러 말의 향연을 무작정 부정하기엔 그들의 문화를 무시하는 행위가 될까 우려 섞인 시선이지만 어쩔 수 없이 방관하는 것 또한 기성세대가 고심해야 할 문제다. 낯뜨겁게 고백하자면 가끔씩 젊은 세대의 언어를 사용하고는 뿌듯해하는 자신을 발견하게 된다. 중년이 되어도 멋 내기에 많은 시간을 할애하는 나에게 언제까지 이팔청춘인 줄 아느냐는 아내의 질타가 즐거운 까닭은 내 안에는 나만의 꼿꼿한 자존감 즉 개멋짐이 넘쳐흐르기 때문이다.

살기 위해 사랑하는 척하는 가식보다는 사랑하기 위해 살아가는 로맨틱한 삶이 우리에게 더 필요한 현실적인 과제다. 살면서 자신을 당당하게 만드는 것이 사랑임을 알기까지는 그리 긴 시간이 걸리지 않는다.

-「사랑은 미로다」 중에서

2부

애정 결핍증

생각이 가지고 있는 행동의 지배력은 대단하다. 한 가지 사물을 가지고도 여러 각도로 바라보며 자신도 모르게 생각이 주는 지시에 따라 자신이나 남에게 그대로 전달이 되어 대인 관계에 있어 스스로 고립을 자처한다. 관대한 생각을 가져도 쉽지 않은 게 사람의 관계인데 무언가 자신에게 있어 부족하거나 이루고는 싶지만 결코 이루어질 수 없는 것에 집착을 하다 보면 지나친 자아 세계에 빠져 상대방의 의중에는 아랑곳없이 자신의 생각만을 펼치며 여러 가지 감정을 드러내 불편한 관계를 초래한다.

그중에서도 우리가 가장 쉽게 느낄 수 있는 것이 애정에 대한 결핍증이다. 자신이 이루지 못한 사랑에 대한 결핍은 곧잘 히스테리적인 표현으로 드러나 주위 사람들을 곤혹스럽게 한다. 애정에도 여러 가지의 성격이 있겠지만 나는 한때 일찍 돌아가신 아버지의 사랑을 받지 못한 것에 약간의 결핍증이 있었다. 거리를 다니다가도 다정하게 지나가는 부

자지간을 보면 괜한 반감으로 신경질적인 반응을 보여 스스로를 달래느라 고생을 한 적이 있다. 나이가 좀 들어서도 친구들이 아빠라고 부르면 나이가 몇인데 아빠라고 하나, 창피하지도 않냐며 너는 그렇게 부를 아빠가 있어 좋겠다며 꼬인 말투를 던져 주위 사람들이 의아해하기도 했다. 그래서 그런지 아들 녀석한테는 어릴 적부터 아버지라 부르게 했다. 가끔은 호칭에 집착하는 나를 보고 아내마저 이해할 수 없다는 듯한 표정을 짓는 걸 보니 알게 모르게 아버지에 대한 애정 결핍이 내 안에 깊이 내재되어 있었던 것 같다.

이성 간의 애정 결핍은 더욱 심했다. 남들 못지않은 외모에 끼를 지니고 활달한 대인 관계를 자랑하던 나는 이성에 관해서는 무척이나 고지식했다. 남들이 쉽게 하는 표현으로 '여자 깨나 울렸겠다.'라는 반응에 너무 민감해 그런 소리를 듣지 않기 위해 이성과 아예 담을 쌓고 지낼 정도로 과민하게 행동을 한 적이 있다. 여자친구를 소개해 준다고 해도 무관심으로 일관해 기분이 상한 친구의 오해로 소원해졌던 적도 있다. 자신이 싫어하면 좋은 마음으로 받아들여도 시원치 않을 판국에 퉁명스럽게만 대했던 것이다. 사랑하는 연인 하나 없이 청년 시절을 보내고 나니 남는 건 술뿐이었다. 매일같이 술집과 술친구를 찾아 즐기고 하루를 마감하는 일이 다반사가 되니 몸과 정신이 황폐해져만 갔다. 고루한 생각이 주는 부족한 면의 넘침은 나에게 한동안 힘겨움을 안겨주었다. 오래된 습관처럼 굳어진 애정에 대한 결핍이 마음을 쉽게 열지 못하도록 자신도 모르게 방해를 하고 있었다.

결핍은 과잉으로 이어진다. 부족을 채우기 위해 나름대로 더 많은 노력을 한다는 것이 과잉반응을 일으켜 곧잘 주위를 어리둥절하게 만든다. 생각의 고립, 생각의 아집이 스스로를 지배해 결핍증에 빠지게 만든다. 물론 인생사의 모두가 넘쳐흐른다면 자만으로 흘러 또 다른 폐해가 우리를 괴롭힐 것이다. 넘치지도 않고 부족하지도 않다면 더할 나위 없이 만족한 삶을 영위할 수 있겠지만 흔한 말처럼 삶은 그리 녹록하지 않은지라 어려움에서 빨리 빠져나오는 현명함이 필요하다. 자신의 부족은 더한 노력으로 메우고 과함은 자제의 능력을 발휘해 결핍이 주는 절망에서 헤매지 말고 생각의 반전을 도모해 노력의 발판으로 이용한다면 행복을 쉽게 찾을 수 있다. 하나하나 뒤집어 문제점을 찾아낸다면 결핍증을 느끼기 전에 내 안에서 슬기롭게 해결해낼 수가 있다. 생각은 본인이 만드는 것이다. 본인이 만든 것을 통제할 수 없다면 절망이라는 단어는 곁을 떠나지 않는다. 자신을 다스리는 법을 잘 생각해 좀 더 진취적으로 끌어낼 수 있다는 자신감이 있어야 한다. 그래야만 결핍이라는 암초를 떨쳐버려 원만한 대인 관계나 생활을 할 수 있는 자신감이 형성되기 때문이다.

사소한 중독

한두 번쯤은 자신도 모르게 행해지고 있는 반복적인 행위들. 무슨 일인가에 자신도 모르게 푹 빠져들어 일상에 피해를 줄 만큼 심각하다면 중독이라고 한다. 한 가지 일에 열중하다 보면 정도가 지나쳐 몰두를 하게 되고, 다른 일에는 무심하게 되고 집착하는 것인데 그것이 되풀이되다 보면 중독이 된다. 일상에서 오는 중독들은 습관적인 것들이 많다.

아침에 눈을 뜨면 맨 먼저 TV의 리모컨을 먼저 찾는다. 보든 안 보든 일단은 켜놓고 몸의 움직임을 시작한다. 자주 보는 프로그램 중에서도 매일 같은 시간대에 시작되는 드라마는 자기도 모르게 중독에 빠지게 한다. 일일 드라마가 주는 마력은 다음 회 또 다음 회를 기다리게 하는 애절한 장면의 전개에 있다. 무언가 자신의 일상과는 다른 좀 더 자극적인 스토리를 원하게 되고, 그러다 보면 극 중에 빠져들어 괜한 분노와 통쾌함을 번갈아 느끼게 된다. 드라마의 마무리는 꼭 아슬아슬하거나 극적인 장면을 예고하고 끝을 맺기 때문에 다음에 펼쳐질 장면을 손꼽아 기다리며 안절부절못하는 초조함을 낳는다. 다음날이면 기필코 TV 앞에 앉아 주인공의 안위에 따라 안도의 한숨을 내쉰다. 극중 인물과 같은 처지가 되어 웃고 우는 감정의 변화를 겪다 보면 그 시간이 기다려지고, 다른 것은 아무 일도 할 수 없을 정도의 몰입이 되어 서서히 중독에 빠지게 된다. 사소하게 생각할 수 있는 중독은 의외로 생활 주변에서 손쉽게 만나게 된다.

음주에 관해서는 개방적인 집안 분위기에서 자란 탓인지 나는 일찍 술을 가까이한 편이다. 물론 청년기에는 호기나 겉멋으로 마셨지만 성인이 되어서도 아무런 거리낌 없이 마셨다. 집안 어르신들이 술은 어른 앞에서 배워야 된다는 말씀에 머리 조아리며 받아 마시던 술맛은 어른이 되어서도 잊을 수가 없었다. 다행인지 불행인지 체질적으로도 잘 맞아 한때는 친구들 사이에서 酒神이라 불릴 정도로 많은 양을 마셨다. 그때그때의 기분 전환과 사회적 성취도에 따라 마신다는 건 핑계에 불과했고, 술에 자신하던 나의 몸과 정신도 시간에 따라 힘들어지고 그럴수록 술에 의존하는 횟수가 잦아졌다. 일명 습관성 알코올 중독인 줄도 모르고 그저 마시면 취하고 취하는 것에 즐거움을 찾았다. 남자가 술 없이 무슨 낙으로 사느냐는 생각은 전혀 바꿀 생각이 없다. 하지만 날이 갈수록 몸이 먼저 버거워지고 각종 매스컴에서 습관성 알코올 중독의 심각성에 대해 자주 보도되자 혹시나 하는 염려에 음주의 양을 줄여가고 있다.

인생을 망치는 중독은 많이 있다. 본인은 사소하다고 느낄지 몰라도 그것이 쌓여 마지막은 패가망신하는 경우를 종종 보게 된다. 얼마 전 성형 중독으로 얼굴이 흉측하게 변해버린 여인의 후회 섞인 탄식은 수술이 아니라 시술이라는 어처구니없는 망상에 경종을 울리는 좋은 본보기가 아니었나 싶다. 물론 수술 후 만족함과 자신감이 생겼다면 기쁜 일이다. 그러나 욕심은 한이 없어 조금 더, 한 군데만 더, 하다가 아예 족보에도 없는 얼굴이 되어 눈물로 나날을 보내는 불행을 자초하고 말았다.

요즘 신흥으로 생겨난 쇼핑 중독의 후유증이 만만치 않다. 갖고 싶은 것을 사는 건 좋은 일이고 맞는 말이다. 형편에 맞게 사고 즐기는 건 누구나 누릴 수 있는 행복이다. 그러나 과도한 지출은 인생의 덜미를 잡는다. TV만 켜면 각종 물품들이 잘 포장되어 판매가 된다. 거기에 쇼호스트의 말솜씨는 구입을 하지 않고는 못 견딘다는 어느 쇼핑 중독자의 고백이 있었다. "자! 이제 수량도 몇 점 안 남았구요. 마감 1분 전입니다. 다시는 이런 가격에 구입할 수 없는 마지막 찬스."하고 외치면 가슴이 떨리고 초조해진다는 것이다.

중독은 알게 모르게 뇌를 지배해 판단을 무기력하게 만들어 놓고 한 가지에만 집중을 하게 해 정상적인 생활을 할 수 없는 위험 지경에 빠지게 한다. 이러한 중독증을 고치기 위해서는 많은 노력이 필요하다. 우선은 자신이 처해 있는 현실을 인정해야 치료가 가능하다. 전문가의 말에 의하면 인정을 하는 사람에 한해서는 50% 이상이 중독에서 완전히 벗어났다고 한다. 먼저 인정을 하고 해결책에 귀를 기울여야 한다. 가벼운 산책이나 음악을 자주 듣는 것도 한 방법이다. 주의를 둘러보고 충고를 받아들이고 자신의 의지로 생활해 간다면 얼마든지 새롭게 살아갈 수 있다. 증세가 더 심각하다면 치료를 받아야 하겠지만 사소한 중독이라면 생각의 반전으로도 가능한 일이다.

인생은 단막극이 아니다

한 치 앞도 알 수 없는 게 인생이라고 한다. 인생이라는 긴 여정을 살아가다 보면 모든 시련과 절망이 담긴 현실을 수도 없이 부딪히며 지내게 된다. 누구는 그것을 인생역정이라고 표현을 한다. 삶이 그리 녹록하지 않다는 뜻이기도 한데 자신에게 다가온 역경을 어떻게 헤치고 살아가느냐에 따라 행복이라는 만족도의 높낮이가 형성된다. 주어진 현실을 마냥 부정적으로만 받아들인다면 삶 자체에 희망조차 없을 것이요 애써 긍정적으로 받아들인다면 행운의 神은 그 사람의 손을 잡아 줄 것이다.

요즘 다문화 가정을 이루고 사는 이들이 낯설지 않은 것은 그만큼 우리나라에도 다국적 민족들이 들어와 함께 살아가고 있다는 증거다. 얼마 전 TV에서 다큐멘터리 형식의 프로그램을 본 적이 있다. 주인공인 여성은 베트남에서 일류 대학을 나와 회사 생활을 하던 중 우연한 기회에 국제결혼 제의가 들어와 망설이고 있는데 궁핍한 가정의 장녀로서 부모님의 짐이라도 덜어준다는 생각에 제의에 응하게 된다. 물론 상대는 한국 사람이고 나이 차이는 16살 차이가 나지만 남편 될 사람의 인상이 선해 보이고 거기에 직업이 양봉업을 하는 회사 사장이라고 했다. 시집을 가서 자신만 잘하면 친정까지 돌봐줄 수 있겠다는 생각이 먼저 들어 적극적으로 결혼을 승낙했다. 베트남 식으로 결혼식을 올리고 한국에서 다시 만날 것을 기약하며 남자는 한국으로 돌아갔다. 몇 달 후, 비자를 받아 그리던 한국에 도착을 했지만 눈앞에 펼쳐진 실상은 그저 눈물밖에는 나오지가 않았다. 회사 사장이라는 남편은 하루 벌어 먹고 사는 노동자였고, 양봉은 그저 집 근처에서 취미 비슷하게 양봉을 하는 정도로 거짓말을 한 거였다. 순간 다시 베트남으로 돌아갈까 생각도 했지만 자신의 선택을 믿고 존중해 준 친정집 식구들 얼굴이 떠올랐다고 한다. 또한 눈물을 글썽이며 자신을 맞이해 준 시어머니의 손길이 가슴을 움직여 주어진 현실을 운명으로 받아들이기로 했다는 것이다.

무엇이든 열심히 하면 설마 이 식구가 굶어 죽겠는가 하는 긍정적인 생각이 자신을 굳센 여인으로 탈바꿈을 했다 한다. 지금은 살고 있는 도시의 변두리에서 조그마한 포장마차를 하고 있는데 인터뷰 도중에도 씩씩함과 상냥함을 잃지 않는 그녀의 모습에서 이방인이라는 선입견은 온데간데없고, 그 장면을 보고 있는 내가 괜한 미안함이 느껴져 얼굴이 붉어졌다. 그녀의 의지는 시들지 않았다. 이제는 도시의 중심가로 진출해 장사를 하고 싶다는 포부를 밝히자 옆에 있던 남편은 그저 고개를 들지 못하고 있었다. 생면부지인 타국까지 날아온 그녀들의 인생을 단막극으로 마무리하게 하는 못된 사람들은 이제라도 생각을 바꿔야 한다.

미래를 알 수 없는 나약한 인간이기에 우리는 더러 실수보다 더한 정신적 범죄를 저지르고는 한다. 과거에 동급생 친구들에게 못된 짓을 도맡아 하던 학생이 청년이 되어 새 삶을 시작하려니 과거 자신의 행동이 마음에 걸려 후회를 하고, 괴롭힘을 당했던 친구들을 찾아가 사과를 하려 했다. 하지만 쉽게 마음의 문을 열어주지 않는 친구를 원망하기보다는 계속 찾아가 피해를 당한 친구들의 마음이 열리기를 기다렸다. 인내를 가지고 반성하는 모습을 보여 끝내 화해를 하고 포옹을 하는 아름다운 장면을 본 적이 있다. 악몽 같던 학생 시절을 가슴에 묻고 괴로운 시간을 보내야 했던 피해자 친구들도 가해자 청년의 눈물 어린 사과에 마음을 바꾸었다. 그토록 부정적으로 닫혔던 마음을 긍정적으로 바꿔 조금은 늦었지만 제2의 삶을 살아갈 수 있었다.

자칫 단막극으로 끝낼 수밖에 없었던 삶을 긍정적인 사고로 바꾸어 놓은 그들이 자랑스럽다. 제자리에 주저앉아 현실을 원망하는 삶을 살든지 아니면 과거에 집착해 현실에서도 못된 짓을 하고 있을 자신을 일깨워 새 삶을 만들어가는 용기를 키워야 한다. 언제 끝이 날지도 모를 불행을 행복으로 그려질 장편 드라마를 쓸 수 있는 기틀을 스스로 마련해야 한다. 비록 TV 속에서 들려주는 이야기지만 살아감에 있어 고난에 부딪칠 때마다 안 된다는, 나는 할 수 없다는 부정보다는, 나니까 해야 하고 반드시 할 수 있다는 긍정이 풍요로운 삶을 만들어 낼 수 있다. 자신에게 주어진 분량의 삶을 짧은 단편 드라마에 가둬 답답한 삶을 살기보다는 좀 더 즐겁고 앞날이 기다려지는 대서사시로 자신의 꿈을 펼칠 대하드라마로 만들 수 있도록 노력해야겠다.

백년손님의 행복

흠칫 놀라 잠에서 깼다. 누군가의 외마디 소리가 귓전을 울린 까닭이다. 이불을 걷고 일어나 소리의 근원지를 찾아 나서자마자 다시 들리는 친근한 소리. "간장을 더 넣어야 간간하니 맛이 나지! 나 원 참!" 순간 놀란 가슴에 웃음이 버무려진다. 소리의 근원지는 안방 침대 위, 소리의 주인공은 다름 아닌 장모님이었다. 며칠 전 처남과 함께 사시는 장모님이 심심해하셔서 모시고 와 안방 침대를 드렸더니 잠꼬대를 하신다. 어제저녁 나물을 무치는 딸과 양념 넣는 실랑이를 꿈에서도 계속하시는 것 같다. 음식에 관해서는 전문 요리사 소리를 들을 만큼 자부심이 대단하셨던 장모님이 자신의 조언보다 남편 입맛에 맞게 양념을 넣는 딸의 행태를 보고 못내 못마땅하셨나 보다. 방으로 돌아와 다시 누우니 안타까움만 더했던 일 년 전의 장모님 모습이 떠오른다.

30년 넘게 당뇨라는 병마에도 당당히 건강을 유지했던 장모님도 가

는 세월 앞에서는 어쩔 수 없는지, 자주 병원 신세를 지시다가 급기야 여러 합병증 쇼크로 요양병원에 입원을 하셨다. 평소 자신의 맵시를 자존심으로 알고 사셨던 분인지라 장기간 입원은 장모님의 자존심에 서서히 생채기를 내기에 충분했다. 거동도 불편하신 분이 그저 당신 건강 걱정보다 파마가 풀렸느니, 염색을 해야겠느니 하는 푸념만 늘어갔다. 한 번은 너무 파마를 하고 싶다는 강한 요구에 병원을 나서기도 했지만 휠체어에 앉으시기도 힘에 겨워 급기야 미용실 문도 밟지 못하고 돌아왔다. 무슨 방법을 쓰더라도 친정 엄마의 작은 바람을 해결해 주고 싶은 아내가 하루는 나에게 긴급 제안을 해왔다. 외출을 할 수 없으신 장모님을 위해 우리가 직접 염색이라도 해드리자는 거였다. 가끔 용돈이 더 필요할 때, 아내 머리에 내린 흰서리를 투박한 손길로 염색을 해주고 다시 청춘으로의 귀환을 돕기는 했었다. 그러나 천하의 멋쟁이로 소문이 자자하시던, 거기에 더해 일류 미용실 원장이 아니면 감히 누구도 머리를 만지지 못하던 그런 서슬이 퍼런 장모님의 머리는 얘기가 달라진다. 시술하기로 어려운 결정을 내린 우리의 의견을 들으시더니 상황이 어쩔 수 없음을 깨달으셨는지 사위에게 염색을 맡긴다며 모든 것을 체념한 것 같은 장모님의 표정이 한편 애잔해 보이기까지 했다.

주말 아침, 소심한 성격 탓에 밤새도록 장모님 모발에 염색 시술을 하다 망치는 꿈을 꾼지라 몸은 천근만근이었다. 우리를 맞이하는 장모님 역시도 그다지 편한 숙면을 취하시지는 않은 것 같았다. 염색에 필요한 가장 기초적인 장비를 펼쳐놓은 후, 아내와 아들을 보조로 쓰기로 하고 장모님의 만족도에 따라 수고비는 아내에게 따로 받기로 약조를 한 뒤, 야윈 몸을 눕혀 샴푸를 해 드리고 드디어 역사적인 염색 시술에 들어갔다. 정성을 다한 손길이 긴장되는 건 어쩔 수 없지만 더 가슴을 진정시키기 어려운 난제는 병실 환우들의 과한 칭찬이었다. 세상에 저런 사위가 없느니 아들 열 명보다 사위가 더 낫다느니 하시며 가뜩이나 떨리는 손길에 쑥스러움까지 더해 손길은 심하게 떨리기까지 했다. 적당량의 염색약을 골고루 바르고 비닐을 씌우는 걸로 작업은 끝이 났다. 한숨도 돌릴 겸 복도 한 바퀴를 돌아 병실로 돌아오니 어설픈 시술에 지친 장모님은 그새 쪽잠을 주무시고 계셨다. 아내와 서로를 바라보며 더 고급스러운 곳으로 모시지 못한 미안함보다는 결과를 떠나 잠시라도 장모님을 설레게 했다는 뿌듯함이 밀려왔다. 마지막 코스인 샴푸를 마치고 드라이로 머릿결을 건조시키고 거울을 보여 드리니 이리저리 작은 거울로 살피시더니 그래도 멋내기는 아니지만 젊어 보여서 좋다고 하신다. 일순간 긴장은 사라지고 "제가 솜씨는 좀 있죠?" 하며 눈치 없는 공치사를 날리니 어느덧 아내 눈가도 촉촉이 붉어지고 있었다.

백년손님이라는 사위가 장모님에게 염색을 해드린 것이 정서상 드문 일이지만 마침내 해내고 나니 그리 힘든 일도 아니었다. 물론 당사자의 만족도가 문제겠지만 말이다. 친정 엄마의 근심을 해결했다는 안도감인지 아내는 연신 싱글벙글이다. 이쯤 되면 내 주머니도 두둑해지리라는 기쁨에 철없어 보이지만 웃음이 절로 났다. 참으로 일석이조라는 말이 실감나는 대목이었다. 우연한 기회였지만 장모님에게 사위 사랑이

라는 눈도장을 확실히 찍고, 아내에게는 큰 기침을 할 수 있는 행복한 행보였다.

행복은 멀리 있는 게 아니었다. 평소 장모님과 살가운 대화를 나누지도 못해 착한 사위도 못됐던 내가 오늘만큼은 작은 효도를 했다는 뿌듯함에 사로잡혀 발걸음마다 콧노래가 저절로 났다. 잠깐의 번거로움을 떨쳐버리면 행복은 스스로 걸어 들어온다는 평범한 순리를 깨달았다. 일찍 부모를 여읜 나로서는 한 분 남으신 장모님에게 효라는 거창함보다 자주 뵈어야 되겠다는 다짐이 아내의 행복이 되고 있음을 깨달았다. '좀 더'라는 말, '조금만이라도'라는 말과 실천이 건네준 덤 같은 행복이 아닌가 싶다.

사랑은 미로다

살기 위해 먹는 건지 먹기 위해 사는 건지 어느 쪽이 우선인지는 몰라도 살면서 두 가지 중 어느 것이 중요한지는 본인이 선택할 일이다. 삶의 기본 요건인 의식주도 중요하지만 사랑을 하고 사랑을 받으며 산다는 것은 어떤 비타민보다도 삶에 활력을 받기에 충분하다. 먹고살기 위해 치열하게 사는 모습도 좋지만 사랑하기 위해 사랑받기 위해 사는 것도 아름다운 삶이다. 무엇이 우선이고 어디에 중심을 두고 살아야 할지 정확한 답을 아는 이는 드물다. 주어진 상황에 맞춰 잘 적응하며 살아가는 것을 보면 이 또한 사람만이 지니고 있는 또 하나의 지혜다.

저마다 주어진 삶의 여정에서 사랑하는 사람과의 달달한 사랑이 최고조에 달하는 신혼 초에는 사랑 하나만으로 산다 해도 과언이 아니다. 눈에 흠뻑 씌워진 콩깍지로 인해 서로를 완벽하게 파악하기 전까지는 배우자의 모든 것이 좋아 보이는 게 사실이다. 잦은 과음에 늦은 귀가

를 밥 먹듯이 해도 애써 화를 억제하고 되도록 밝은 모습으로 대하려고 애를 쓴다. 아침이면 혹시라도 속이 쓰릴까 싶어 갖은 정성을 다해 끓인 북엇국이라도 먹여서 보내야 사랑하는 이에 대한 최소한의 예의라고 생각한다. 남편의 의상 하나에도 신경을 쓰고, 출근길 현관을 나설 때 사랑한다며 무심히 건네는 남편의 한마디에 하루의 행복이 시작된다. 그 설렘은 하루 종일 이어져 혼자 콧노래를 부르다 못해 귀찮아서 미뤄두었던 빨래며 다림질까지 즐거운 마음으로 하게 된다. 살아가다 이런저런 이유로 지치고 회의감이 들기 전까지는 자신이 선택한 사랑에 대해 후회보다는 행복이 유도하는 대로 뭐든 쉽게 용서가 된다. 자신이 가진 사랑이라는 에너지를 상대에게 무조건 주고도 모자란 아쉬움이 크게 느껴지는 게 사랑하기 위해 사는 삶이다.

중년이 되면 무미건조해진 사랑을 애써 지키기 위해 무언가 새로운 규칙들을 만들고 거기에 따른 실천을 서로에게 강요하게 된다. 배우자의 외출이나 소비에 따른 지출을 자세히 묻는 것은 금기사항 중에 하나가 되고, 거기에 반찬 투정은 최악의 결과를 가져오기 때문에 가장 조심해야 할 대목이다. 아내는 안방 침대를 장악하고 남편은 거실에서 생활을 하며 예전에는 서로 기대고 앉아 함께 웃고 울었을 TV프로그램을 이제는 느끼는 감동부터 관점이 달라 서로 다른 채널을 시청한다. 서로 사생활 침해를 하지 않는 형태의 삶을 유지하길 원하는 것은 사랑을 전제로 하는 삶이라기보다는 동행이라는 의식으로 산다는 표현이 맞는 것 같다. 겉은 평화로움을 유지한 것 같지만 언제 터질지 모를 위태로운 관계를 이어가며 눈치껏 각자의 삶을 즐기는 것이다. 세월이 흐를수록 이른 퇴근도 불만이 되고, 대화에도 벽을 느껴 짧은 소통이 일상이 되면 부부간의 사랑은커녕 마지못해 사는 동거인 형태가 되어 버린다. 간혹 아내와 산책이나 여행을 가면 백발의 커플이 다정하게 손을 잡고 거니는 게 부럽다는 생각이 드는 건 아마도 세월이 많이 스친 탓이기도 하지만 사랑이라는 단어 사용에 옹색했던 과거가 주는 민망함이 더 커진다. 시간이 흘러갈수록 이도 저도 아닌 어정쩡한 마음가짐으로 사는 것은 서로를 간섭하지 않고 평안하게 살기 위해 사랑을 하는 것처럼 위장을 하는 것과 다를 게 없어 보인다. 사랑한다는 마음가짐 하나로 세상을 다 가진 것 같았던 옛 시절로 시선을 돌려 당신만을 사랑하겠어, 라는 다소 신파적인 표현도 이제는 아끼지 않아야 그나마 따뜻한 밥을 얻어먹을 텐데도 그간 살아온 삶의 틀을 벗어버리기엔 쉽지가 않은 모양이다.

정녕 사랑하기 위해 사는 사람이 몇이나 될까? 그렇다면 그들이 느끼는 행복지수는 얼마나 높을까? 하는 의문이 왠지 모를 부러움과 함께 교차가 된다. 사랑, 그 보이지 않는 것에 연연하다 가슴이 무너져 마치 폐인처럼 살아가는 이들이 적지 않음은 사랑이 우리 인생에 차지하는 비율이 만만치 않다는 증거이다. 살기 위해 사랑을 한다면 그 또한 슬픈 현실이기는 해도 나름의 살기 위한 방편으로 보인다. 살기 위해 사랑하는 척하는 가식보다는 사랑하기 위해 살아가는 로맨틱한 삶이 우리에게 더 필요한 현실적인 과제다. 살면서 자신을 당당하게 만드는 것

이 사랑임을 알기까지는 그리 긴 시간이 걸리지 않는다.

"당신은 사랑받기 위해 태어난 사람~~"이라는 노랫말처럼 나를 잘 아는 사람을 사랑하고, 그 사람에게 사랑을 흠뻑 받고 사는 사람이라면 세상을 바라보는 시각조차도 늘 아름다움으로 색칠해져 있을 것이다. 그 아름다운 사랑을 위해 자신이 지니고 있는 모든 편견이나 덜 성숙된 습관을 벗어 버리고 더 늦기 전에 사랑만이 깃든 멋진 삶을 마음속에 그리고 과감히 펼쳐 보이는 것도 삶의 지혜다. 살기 위해 사랑하는 것보다 사랑하기 위해 살아가는 것이 더 부러워 보이기 때문이다.

눈물의 효능

스스로 이겨낼 수 없는 격정의 순간, 가슴 깊이 쌓아 놓았던 고귀한 무엇을 잃어버린 슬픔으로 무너지는 감정은 스스로를 자제할 수 없는 능력 밖의 일이다. 넋이 나간 표정에 마치 가슴이 무너져 내린다는 극한 표현의 시작은 흐르는 눈물이다. 소리 없이 흐르는 아픔이 던져준 고통의 생성물. 다시 마음을 추스르기엔 한참의 시간을 요하는 긴 후유증 속에서 유독 오래 남아 두고두고 내보이는 존재, 슬픔이 느껴질 때마다 꼭 동반하는 눈물의 탄생은 결국 사람이 만들어 낸 감정의 한 표현이다.

우리네 정서에서 기쁠 때나 슬플 때나 가장 먼저 내세우는 것은 눈물이다. 감정의 맨 앞에 나서서 기쁨과 슬픔의 크기를 흘리는 눈물의 양으로 그 강도를 보여준다. 기뻐도 울고, 한없이 슬퍼도 운다. 눈물로 자기의 존재를 표현한다. 갓 태어난 아이가 울음이 없으면 의사는 엉덩이를 때려서라도 울음을 터트린다. 물론 눈물을 흘리는 울음은 아니지만 탄

생의 고통에 대한 보상으로 힘찬 포효를 원하는 바람이 가미된 기대치 이기 때문이다. 원초적인 눈물은 말을 하지 못하는 아기한테는 의사소통의 도구가 된다. 배가 고플 때나 아플 때, 무언가 요구 사항이 있을 때 울음으로 어미의 시선을 유도해 불편함을 해소하는 현명함을 보인다.

시도 때도 없이 흘리는 게 눈물이지만 그 액체가 가지는 효력은 대단하다. 자식이 자라 잘못을 저질러 모질게 혼을 내다가도 자신의 과오를 뉘우치며 눈물을 보이면 열에 아홉은 용서를 하게 된다. 아무리 매몰찬 부모라 해도 닭똥 같은 눈물로 하소연하는 데에는 달리 밀쳐낼 방법이 없다. 배신자에 대한 용서에도 눈물의 등장은 필수 스토리다. 소설이나 드라마의 전개에 꼭 등장하는 배신자들의 말로는 초췌한 행색에 누구라도 건드리면 무너져 내릴 것 같은 몸짓으로 나타나 한때 사랑했던 이 앞에서 눈물로 하소연을 하면 코끝이 찡해지며 용서를 하게 된다. 이때 무릎이라도 꿇어주면 그간의 앙금이 말끔히 씻어지는 놀라움을 보여준다. 무언가 안 풀리고 뜻대로 되지 않아 혼자 울고 싶은 충동을 느낄 때 실컷 울고 나면 오히려 마음이 정화가 되어 몸도 개운해지곤 한다. 답답함이 풀어지며 다시 일상으로의 복귀가 쉬워지는 치료제가 된다. 어떤 명약으로도 치유될 수 없는 상황임에도 눈물 한 방울의 효력은 어떤 생리적 이치도 초월하게 하는 신묘함이 있다.

우리 삶에 내장되어진 하소연이나 때로는 해소책으로 함께 하는 눈물, 살면서 눈물이 마를 날이 없다는 불행을 안고 사는 사람은 어떤 방법으로 슬픔을 이겨낼까? 하염없이 흐르는 눈물만 달고 살아갈 수는 없다. 사람이 평생 흘리는 눈물, 슬픔으로 흘리는 눈물보다 기쁨으로 흘리는 눈물이 많았으면 좋겠다. 그 양에 상관없이 모두가 행복에 겨운 눈물이었으면 하는 바람이다. 슬픔이나 고통이 따르지 않는 온통 기쁨이 넘쳐흐르는 눈물, 아니 아름다운 미소를 타고 흐르는 고귀한 눈물이면 우리 모두의 삶이 행복으로 넘쳐흐르지 않을까 생각해 본다.

몸 따로 마음 따로

발걸음을 재촉해야 한다. 그리고 뒤돌아보지 말아야 한다. 자신도 모르게 행동하고 그 행동이 본인 스스로도 이겨낼 수 없는 부끄러움을 동반한다면 서둘러 그곳에서 빠져나와야 한다. 특히 뇌리에서 일어난 일이면 지워 버리면 그만이지만 결과물이 보이는 행동이었다면 흑역사를 지우기엔 많은 시간과 노력이 필요하다. 사소한 일에서 벌어진 일이라면 그저 웃어넘길 수도 있겠지만 자신조차도 미워질 때 일어나는 생각과 다른 행동은 허탈함에 한동안 여린 영혼조차 상처를 받게 만든다.

사랑하는 연인의 변심으로 이별을 하게 되면 한동안은 시선 속 모든 것이 부정적으로 보인다. 드라마에서 달달한 언어를 건네며 사랑하는 연인들이 나오는 장면을 볼 때마다 마치 못 볼 것을 본 듯한 표정으로 신경질적으로 채널을 변경한다. 어둠이 찾아오면 먹이를 찾는 하이에나처럼 이 술집 저 술집을 전전하며 괜한 화풀이를 술로 풀기도 했다.

그러다 취기를 스스로 자제하지 못해 옆자리에서 속삭이는 연인을 보면 시비를 거는 속 좁은 행동을 했다. 간헐적으로 스며드는 울분은 무엇으로도 치유할 수 없었다. 어쩌면 시간이 해결해 줄 수 있을 뿐이다. 그러나 심약한 인간인지라 길을 지나다 예쁜 여인을 보면 반사적으로 눈동자가 돌아가는 어처구니없는 상황에 스스로도 민망하여 가슴을 쥐어뜯는 웃지 못할 자학을 했다. 식음을 전폐할 정도로 마음이 황폐해져가는 중에도 감정이라는 요물은 종종 나타나 자신의 의지와는 상관없는 선택을 한다.

다이어트라는 엄청난 프로젝트를 세운 후, 하루가 멀다 하고 즐기던 음주도 줄이고 야식의 유혹마저 과감히 물리치고 어렵게 견디고 있었다. 눈에 보이는 것이 다 음식으로 보일 만큼 괴로움 섞인 치열한 자제력을 키워야 했다. 평소 즐겨보던 맛 기행 프로도 외면하고 친구들과의 술 약속도 줄여가며 살과의 전쟁을 치르고 있었다. 그러던 어느 날 마치 몽유병에 걸린 환자처럼 자신도 모르게 발걸음은 주방을 향하고 있었다. 작심한지 며칠도 안됐다는 한 가닥 양심은 있어서 마음속은 안된다며 절규하는데 몸은 이미 그토록 저주하던 탄수화물 덩어리라는 흰쌀밥에 열무김치와 고추장을 듬뿍 얹어 밥을 비비면서 눈으로는 참기름을 찾고 있었다. 꿀맛이 이보다 더 달콤할까 싶다. 날씬해 보겠다는 다짐도 물 건너가고 그간 주린 배를 채우고 나니 부른 배를 쓸어내리며 순간의 판단을 후회하는 비애가 멋쩍게 했다.

몸과 마음이 따로 움직인다는 것은 그만큼 의지가 약하다는 반증이

기도 하지만 때로는 사람이 가진 허술한 매력이기도 하다. 자신이 계획한 대로 실천한다면 강한 정신력의 소유자다. 하지만 인간다운 허세로 생각과는 다른 행동을 보이는 것, 상황은 슬픈데 웃음이 나는 아이러니처럼 가끔은 의지와 다른 자아를 바라보는 것도 낯부끄럽지만 재미있는 삶의 한 단면이 된다. 몸과 마음이 하나가 되어 자신이 계획한 일들을 실천하고, 그 모든 일들이 원하는 대로 이뤄진다면 후회 없는 결과를 얻을 수 있을 것이다.

백수의 변명

야윈 것도 아닌데 얼굴에는 기름기가 없이 푸석해 보인다. 하루 24시간을 계획한 대로 움직이기보다는 그때 상황에 맞춰 움직이는 경우가 다반사다. 눈동자는 총기를 잃어가고 느슨해진 눈꺼풀은 더디 움직인다. 단발음으로 들리는 한숨은 습관이 되어 버린 지 오래다. 들숨과 날숨 사이에서 오케스트라의 심벌즈처럼 간간이 박자 맞추듯이 흘러나온다. 떠오르는 해가 두렵고 지는 해는 더 얄미워 차라리 거실을 암흑으로 바꾸어 놓고 그 안에 자신을 가두기도 한다. 자신도 이해 못할 행동들을 자격지심에서 떼어내기에 몰두하기도 한다.

알람 소리에 잠을 깬다. 늦게까지 TV를 시청한 관계로 몸은 피곤하지만 정신은 맑아온다. 깨어있다 해도 딱히 할 일이 없기에 억지로 눈을 감고 자는 척 뒤척인다. 해가 중천에 뜨고 나서야 울리는 전화벨 소리에 화들짝 놀란다. 서너 번의 헛기침으로 목소리를 다듬고 나서야 수화기를 든다. 어젯밤 가볍게 한잔을 한다는 것이 분위기의 유혹을 이기지

못해 습관처럼 과음이 되어 버렸다. 함께 마시다 헤어진 지인이 무사귀가를 확인하는 전화다. 가벼운 숙취가 머리를 뒤흔든다. 정신을 차리고 보니 잠자리 옆에 덩그러니 놓인 밥상이 보인다. 손을 뻗어 당겨놓고 랩에 덮여있는 반찬을 들추며 입맛을 다신다. 밥솥을 열어 잡곡밥을 푸고 찌개를 데워 상을 마주한다. 계란부침은 기름기가 말라 젓가락이 가지를 않지만 이것저것 따질 처지가 아니므로 반찬을 청소기로 흡입하듯 깨끗이 먹어치운다. 냉수로 입가심을 하는 사이 눈물샘을 자극하는 아침 드라마에 넋을 빼앗긴다. 아침 드라마 주인공들은 왜 그리도 인생을 기구하게 사는지 가끔은 너무 불쌍해 같이 눈물을 흘리다가도 나를 돌아보고는 실없이 웃으며 눈물을 닦는다. 휴대폰을 열어 슬며시 일정표를 점검해 본다. 오후 약속만 두 개다. 하나는 운동하자는 것과 또 하나는 어김없는 술 약속이다. 샤워를 하고 주섬주섬 옷을 갈아입는다. 지갑 속을 확인하니 오늘도 아슬아슬한 하루가 될 것 같다. 할 일은 많고 쓸 돈은 적은 것이 늘 백수가 겪어야 하는 안타까움이기에 미간이 저절로 찌그러진다.

실속 없이 바쁘다는 것은 활동량이 많다는 뜻이기는 하지만 마음과 몸이 다른 패턴으로 자주 변화가 오는 것이다. 한때는 직장에서 젊음을 불태우며 풍요로운 내일을 꿈꿔왔지만 실상은 그렇지 못해 한순간에 사회에서나 가정에서 미운 오리 새끼로 전락한다. 백수에게 핑계는 그저 궁색한 변명이나 기피의 표현으로 사용되는 언어로만 치부된다. 노는 사람이 뭐가 바쁘냐는 비비 꼬여진 응대는 그렇지 않아도 편치 않은 처지에 비수를 꽂는 것과 같다. 주머니는 궁색해도 몸만은 반드시 들이밀어야 존재가 인정이 되는 신세가 바로 백수로 사는 아픔이다. 할 일도 없으면서 매번 바쁘다고만 한다는 편견이 가장 큰 걸림돌이다. 점점 지쳐가면서 동반되는 한숨은 안주처럼 곁을 지키며 더해가는 절망에서 겨우 지탱해 주는 쉼표이다. 찾아주는 곳이라면 어디든지 가야 하고 없으면 찾아서라도 가봐야 하니 백수에게도 때로는 과로가 온다. 떳떳한 수발을 받지 못해 정신적인 면에서 느끼는 피로의 강도가 심하다. 내부 깊숙이 감춰놓고 누구에게도 꺼내 보이지 못하는 답답한 가슴은 아무도 모른다. 어둠을 헤치고 다시 밝은 빛을 찾아 나아가려는 몸부림을 괜한 허세로 바라보지 않는 주위의 눈길이 필요하다. 육체적, 정신적 과로로 힘겨워하는 백수들에게는 따뜻한 말 한마디가 회복제인 것이다.

선입견의 차이

바라보는 시각에 따라 느낌의 차이는 크게 다르다. 무엇을 어떻게 바라보느냐에 따라 아름다움을 느끼기도 하지만 더러는 거부감이 들기도 한다. 사랑이라면 사랑하는 마음이 지닌 소중함 자체를 귀히 여기면 된다. 꽃이라면 꽃이 지닌 아름다움 자체를 느끼면 된다. 원산지가 어디고 로열티는 얼마고 하는 다른 의미가 이입이 된다면 꽃이 주는 느낌이 반감이 된다. 있는 그대로 보고 판단을 하는 현명함이 많이 필요한 시기에 우리는 살고 있다. 선입견을 배제한 올바른 시각을 접목시키는 냉철함이 우리에게는 필요하다.

보편적인 시각은 대중적인 휩쓸림의 판단을 낳는다. 정상적인 삶에서 조금 이탈해 있는 노숙자를 바라보는 시각은 참으로 야박하다. 왜 거기서 노숙을 해야 하는지보다는 불편하고 불쾌하다는 느낌을 먼저 느낀다. 그들도 한때는 이웃이었고, 한 가정 안에서 행복을 느끼며 살았을 텐데도 말이다. 그저 외모가 더럽고 하는 일 없이 빈둥대며 구걸을 일삼는 대다수의 노숙자 때문에 뇌리에 박힌 시각은 위화감 그 자체다. 그들은 사회적으로 힘이 없기 때문에 범죄의 표적이 되기도 하고 범죄에 이용되기도 한다. 술에 취해 자신도 모르게 장기가 매매된 사건이 있을 정도로 무방비 상태로 방치되어 있다. 지금은 수용하는 쉼터도 생기고 때마다 식사를 무료로 제공해 주는 단체가 많이 있다. 처우가 많이 개선되었음에도 그들에게 보내는 시선은 절대로 정면을 보는 경우가 없다. 힐끔힐끔 곁눈질로 낯선 이방인을 보듯 여전히 따가운 시각 속에만 존재한다.

내가 아닌 남에게 갖는 편파적인 시각은 여러 가지가 있다. 단지 이성간이라는 이유로 부정적인 시각 안에 묶인 '불륜'이라는 단어는 너무도 쉽게 내뱉는 위험스러운 말이다. TV를 켜도 신문지상을 펼쳐도 온통 부정적인 관계를 의심하는 글들이 난무한다. 모든 매체들이 앞을 다투어 흥미 위주로 묘한 관계를 설정해 낸다. TV는 더 심각하다. 19금이라는 등급은 알려주고 있지만 저녁이면 가족들이 모여 시청하게 되는데 낯뜨거운 장면을 가감 없이 내보낼 때가 있다. 물론 정상적인 관계 설정은 아니다. 남을 의심하는 내용만 전개되다 보니 보이는 모두에게 이상한 잣대를 들이대며 남들의 관계에 편파적인 시각으로 바라보게 된다.

무조건적인 군중 심리의 시각은 그들만의 무리를 형성한다. 좋게 이야기하면 마니아를 만든다는 것이다. 요즘 누리꾼들의 관심은 연예인들의 공항 패션에 쏠려있다. 항시 스포트라이트를 받고 생활하는 이들을 바라보는 시각은 무조건 화려할 것이라는 판단이다. 그들이 환호하

는 아이돌 그룹 중에는 데뷔 때부터 부유한 가정에서 태어나 전폭적인 후원으로 탄탄대로를 달리는 이들도 있다. 그러나 다수의 연예인은 가족의 생계를 책임지며 활동하는 이들이 많이 있다. 일명 생계돌이라 부르는데, 부모의 사업 실패를 떠안거나 실제 가정이 어려워 일찍 일선에 뛰어든 이가 많이 있다. 차 안에서 식사는 물론 수면까지도 해결해야 하는 살인적인 스케줄을 소화하며 고된 생활을 하거나 기본 생활을 영위할 수 없을 정도의 수입으로 어렵게 살아가는 연예인도 있다.

어떤 대상을 바라보는 시각의 시작은 선입견에 있다. '뭐 뭐 하겠지', '당연히 그럴 거야'라는 판단이 앞서기 때문이다. 검은 선글라스를 쓰고 바라보는 세상은 당연히 검다. 그 안에서 다른 빛깔을 찾고 싶다면 바꿔 써야 한다. 검은 빛깔 안에서 다른 색을 그려내기란 쉽지가 않다. 시각의 흐름은 반사적으로 보여주는 자신의 잣대이기 때문이다. 다만 무얼 보고 어떻게 느끼는지는 자신이 책임을 져야 할 몫이다.

'남들이 그러니까 나도 그렇다.'라는 무책임한 판단을 하고 계속 같은 시각으로 바라본다면 눈 속에 비친 그들은 늘 그 모습으로만 보인다. 보편적인 것은 그래도 덜 하다. 편파적인 시각과 무조건적인 짧은 시각은 자기 향상에도 도움을 주지 못한다. 항상 같은 모습으로만 보이기 때문이다. 좀 더 긍정적인 시각을 지녀야 한다. '누구는 꼭 저래.'가 아닌 '그럴 수도 있겠다.'라는 여유를 지녀야 한다. 모든 사람에게 가지고 있는 선입견을 지워야 그대로의 참모습을 읽을 수 있다.

계획도 즉흥적으로

한 해를 시작하면 사람들은 기본적으로 계획을 세우네 어쩌네 하며 부산을 떤다. 흡연자는 금연을 다짐하고, 주당들은 금주를 택하는 극단적인 계획을 세우며 스스로 골머리를 앓는 실수를 자초하고는 한다. 자연스러운 계기가 아닌, 특히 타의에 의해 세워진 다짐은 쉽게 무너지기 십상이라는 주위의 충고를 무시한 채 저마다 전의를 불태우며 며칠이 될지 모를 포기를 향해 어찌 됐든 힘찬 행보를 시작한다. 금단 현상이라는 엄청난 태클이 걸어오기 전까지 말이다.

소위 골초라는 말이 어울릴 만큼 담배를 피워대던 나는 우연한 계기에 금연을 했다. 한 번 피워 물면 줄담배를 피우고 필터를 씹는 요상한 습관을 스스로 끊어 버렸다. 푸짐한 다짐도 없었고, 누구도 담배를 끊으라는 권유도 없었지만 술과 담배를 즐겨 하던 어느 날 아침 거울에 비친 얼굴을 보고 내 스스로 놀라 먼저 금연을 실천했다. 부스스하다는 것은 오히려 점잖은 표현이고, 과연 이 얼굴이 내 얼굴인지 모를 정도

의 낯설음이 경악을 불러왔고 악몽처럼 잊히지 않는 모습에 급기야 금연을 다짐했다. 그러나 예기치 못한 후폭풍이 대단했다. 맨 먼저 다가온 것은 초조의 손 떨림, 왠지 모를 초조감이 엄습하고 이른바 바보 같은 표정으로 멍 때리는 시간이 많아졌다. 누구를 만나도 기쁨이 사라지고 남들이 피는 담배 연기 따라 나도 날아가는 듯한 괴현상으로 시달리던 아픔을 겪고 나서야 가까스로 금단 현상에서 벗어날 수 있었다. 금연 후 3개월이 지나 그 당시 수세식이라는 쭈그려 앉아 볼일을 보는 화장실에서 몸을 일으키기가 힘들어 혹시나 하는 마음으로 체중을 재보니 3개월 만에 7kg이 늘어 있었다. 좀처럼 먹지 않던 과자나 주전부리를 해대는 부작용만 빼고는 칙칙한 냄새에서 벗어날 수 있어 지금도 나를 자랑스럽게 여기는 삶의 공적 중 하나다. 계획이 주는 억압보다는 자신의 느낌으로 실천한 거라서 더욱 뿌듯함을 느꼈다.

즐거움을 찾는 첫 번째 친구가 바로 술이라는 공식을 내세웠던 나의 음주는 이미 20대 때 그 절정에 이르러 결혼 후에도 음주 습관은 고쳐지지 않았다. 하루도 술이 없으면 재미라고는 손톱만큼도 없는 사람으로 변해 마치 마약과 같이 주기적으로 음주를 해야 웃음이 있고, 행복하다는 망상에 사로잡혀 살고 있다. 한 끼는 굶어도 술을 안 마시면 마치 죄라도 지은 양 풀 죽어 지냈다. 그러나 화려했던 나의 음주문화도 잠시 위기를 맞게 되었다. 아내가 임신과 함께 엄청난 입덧으로 거의 식음을 못할 정도의 고통에 시달리고 있었다. 달리 해 줄 것이 없던 나는 즉흥적으로 나의 가장 큰 고통인 금주를 선언하게 됐다. 출산 때까지라는 한시적인 기간은 정했지만 모든 대인적인 교류가 술로 통해 있던 나는 아내 못지않은 고통을 감수하며 기적적으로 10개월을 버티고 있었다. 아들이라는 선물을 얻은 후에 나의 첫 번째 행보는 축하하러 온 후배의 손을 잡고 가까운 술집을 찾아 그립고도 그리웠던 소주를 단숨에 들이켜는 기쁨을 누리는 거였다.

인생길은 결코 계획처럼 펼쳐지지는 않는다. 살아가면서 자신의 앞길을 정해놓고 가는 것도 좋지만 어느 순간 자신의 판단을 믿고 세운 즉흥적인 계획도 나쁘지는 않다는 것이 나의 생각이다. 주어진 틀에 좀처럼 순응하지 못하는 성격 탓도 있지만 더러는 자신을 시험하며 자신을 믿는 것도 발전에 도움을 주지 않을까 싶다. 긴 세월을 살아온 것은 아니지만 고비 때마다 단호한 판단을 해야 하는 어려움을 여러 번 겪으면서 그때마다 거창한 계획을 앞세우기보다는 나에게 맞는 맞춤형 계획으로 성공을 거둘 수 있었다. 물론 완벽하지 못한 나의 성격이 주는 이면의 씁쓸함도 있지만 그래도 결심만큼은 지키려는 노력이 가상하지 않은가 싶어 스스로 대견함을 느낀다.

계획은 완벽으로 가기 위한 자신과의 약속이다. 그러나 적재적소에 애드리브처럼 곁들이는 즉흥적인 다짐도 계획만큼의 힘을 발휘할 수 있다는 확고함은 스스로 만든 또 다른 나의 다짐을 만드는 계획이다.

낯선 얼굴

천의 얼굴이란 말이 있다. 그만큼 인간이 살아가면서 남이나 자신에게 보일 수 있는 얼굴과 삶의 모습이 다양하다는 뜻이다. 누구를 대할 때 맨 처음 보이는 것도 얼굴이고, 그 얼굴이 주는 느낌에 따라 첫인상이 달라지기에 요즘은 의술의 힘을 빌려 임의로 타고난 얼굴을 바꾸기도 한다. 태어날 때의 모습 그대로 나이를 먹을 수만 있다면 깊이 팬 주름을 들여다보며 세월의 덧없음을 탓하지 않아도 된다. 하지만 살아가는 환경에 따라 많은 변화가 생겨 오랜 시간이 지난 후에 몰라보게 바뀌었다는 소리를 처음으로 듣게 되는 것이 사람의 얼굴이 주는 중요한 요인이기에 남들에게는 자신 있게 보여주고 자신에게는 만족감을 성취하기 위해 때로는 무리한 방법을 동원한다.

살아가는 방식에 따라 얼굴의 형태도 변해가는 건 어쩔 수 없다. 인위적으로 변화를 꾀하는 건 요즘 시대에 하나의 트렌드라 해도 과언이 아니다. 이제는 성형수술은 시술이라 하여 보편화되어 버렸고, 변해 버린 얼굴만 아는 지인이 옛 사진을 보고도 알아보지 못했다는 얘기는 그저 웃어넘길 자연스러운 현실이 되었다. 그러나 자기에게 주어진 본연의 모습을 해치지 않고도 자연스럽게 변화를 가져올 수만 있다면 현명한 방법 중 하나다. 나 또한 우연한 기회에 변신을 하게 되었는데 어찌보면 주위의 시선보다는 자기만족이 우선이었던 사례였다. 비교적 젊은 나이 때, 몸살로 인해 피곤에 지쳐 며칠을 면도하지 못하고 있다가 우연히 거울을 보니 새로운 내가 보였다. 갑자기 터프해진 모습이 그다지 낯설지가 않아서 간혹 수염을 기르고 다녔는데 주위의 평도 나쁘지 않았고 스스로 생각하기에도 어울리는 것 같아 기르고 다니다 더욱 용기를 내어 머리까지 길게 기르기 시작을 해 이제는 어쩌면 나의 트레이드마크가 되어 버렸다. 그 시절 조금은 파격적인 모습으로 변신한 후에 사회생활에서는 조금 쑥스럽기는 하지만 그런대로 순탄하게 적응을 할 수 있었다. 어쩌다 고향을 방문하면 동네 어르신들의 눈길을 피해 다녔던 웃지 못할 경험도 감수해야 했다. 하지만 늘 곱상하게 생겼다는 평가에 복에 겨운 불만이 있었던지라 나름 변화에 만족을 하며 낯선 얼굴을 자기화하기에 성공한 케이스가 아닌가 싶다. 잘생기고 못생겼다는 평가에 의미를 두기보다는 자신의 개성을 살려 살아간다면 나름 현명한 선택을 한 것이라 스스로 위안하고 있다.

얼굴이 주는 의미는 자신을 대표하며 평생을 따라다니는 명함이다. 그만큼 타인에게 어필을 하거나 신뢰를 요할 때 중요한 역할을 하기 때문이다. 얼굴에 점 하나를 제거해도 그 사람의 사주가 바뀐다는 말이

있다. 현시대를 살면서 미에 너무 치중한 나머지 부모가 물려준 얼굴을 의술에 의존해 너무도 쉽게 변형시켜 버린다. 대가족 시절에는 바라만 봐도 누구네 자손임을 알 수 있었던 자연스러운 현상은 사라지고 한핏줄인데도 서로 매우 다른 생경함을 보이기 때문이다. 바라보면 정겨운 얼굴, 낯설음이 없는 얼굴의 중요성을 잃을까 걱정이다.

살다 보면 여러 가지 일을 겪게 되고 성공도 하겠지만 설령 쉽게 풀리지 않아 고초를 겪는다 해도 늘 평온한 표정을 잃지 않는다면 반은 성공의 길로 들어선 것이다. 바람이 있다면 어느 한순간 불현듯 거울을 들이대도 세파에 흔들려 가장으로서 흔들리는 약한 얼굴이 아니라, 가족의 맨 앞에 서서 행복으로 이끌어 갈 자신에 찬 사십 중반의 얼굴을 바라보며 흡족한 미소를 짓는 일이다. 그러기에 오늘을 시작하는 원동력을 찾아 자신의 얼굴에 자신감을 갖고 세상 밖으로 힘차게 뛰어든다. 내가 원하고 세상이 원하는 얼굴은 낯선 얼굴이 아니라 자신이 간직한 가장 자신 있는 얼굴, 반듯한 삶의 방식으로 사는 지금의 내 얼굴로 말이다.

오늘도 내 삶의 거울을 본다. 웃음 가득 머금은 행복한 얼굴이 보여지기를 바라며 힐끗힐끗 곁눈질을 한다. 그 내면 속에는 과연 내가 어떤 표정을 하고 있을까? 다시 부끄러운 듯 눈을 끔벅이며 바라본다.

-「지천명의 얼굴」 중에서

3부

『무소유』로 산다는 것

천생 타고났으니 고치려 애쓰지도 않았고, 오히려 무뚝뚝한 말투나 행동으로 주위를 불편하게 하지는 않았는지 돌아보니 스스로 만들어 놓은 틀 안에서 허우적거리는 자신을 발견했다. 불만투성이인 삶의 방식도 문제지만 사람이든 사물이든 주위에 있는 모든 것을 자신의 소유로 만들어야 직성이 풀리는 못난 성품은 스스로를 고립시키는 자충수를 두었다. 삶이 힘겨울 때마다 헤쳐 나갈 방법도 모르고 사니 그 답답함은 이루 말할 수가 없다. 그나마 다행인 것은 스스로 힘겨울 때마다 베란다에 식물을 가꾸고 그들에게 활기찬 생명을 주며 시간이 날 때마다 그들을 바라보며 자신의 감정을 조절하려는 노력이 어느덧 취미 생활이 되었다. 손톱만 한 잎사귀에 물을 뿌려주고 세심하게 닦아주며 뭔가 답답한 가슴을 열어 그들에게 말을 건네며 실없는 웃음을 흘리는 시간이 잦아졌다. 남자는 무조건 스케일이 큰 일을 해야 한다는 허황됨에 젖어 거칠기만 했던 행동과 생각이 조금은 무뎌졌다. 하지만 쓸데없이 뻣뻣하기만 했던 성격이 부드러운 눈웃음으로 바뀌고 섬세한 손길이 되기까지 내 소유라 여겼던 식물들에게 너그러운 베풂이 한몫을 했다는 생각이 부끄러움으로 바뀌는 시간은 그리 오래 걸리지 않았다.

어느 해인가 부활절 아침에 핀 작은 蘭 꽃으로 행복감을 느끼게 됐다. 시기가 되면 피어오르는 것이 자연의 섭리일지는 몰라도 그들이 주는 기쁨은 힐링이라는 단어를 사용해도 될 만큼 나의 생활에 깊숙이 관여를 하고 있다. 함께 나누는 삶의 여정은 그런대로 순탄한 듯 보여도 눈에 보이지 않는 문제는 그들 생명에 이런저런 형태로 삶의 방식을 반강제적으로 바꿔놓은 것이다. 그들이 살고 자라온 모양 그대로 키워야 하는데 나름 아름답고 멋지게 꾸며야 한다는 강박감에 돌이나 나무뿌리에 접목을 시키는 소위 석부작, 목부작을 만들어 놓고 그 안에서 생명을 이어가는 신비를 즐겨 감상하는 게 흠이 되었다. 소유물이라는 생각에 식물이 느껴야 하는 아픔이나 불편함은 무시한 채 나만의 기쁨만을 추구했다. 무언가를 소유하고 있다는 만족감은 늘 기쁨만 주는 것은 아니었다. 느낌의 차이일 수는 있지만 간혹은 난처한 입장이 되거나 걱정의 빈도가 잦아졌다. 이런저런 감정으로 혼란스러울 시기에 우연히 법정 스님의 『무소유』를 읽으며 낯뜨거워 오는 것은 오롯이 나의 몫이 되었다.

지인 스님이 주신 난을 키우기 위해 서적을 구해 읽고, 비료를 구입해 뿌려주고, 계절마다 온도에 맞춰 옮겨가며 애지중지 키우던 법정 스님은 마음속으로 이런 정성으로 부모님을 모셨으면 효자 소리라도 들었을 텐데 하는 씁쓸한 마음이 들었다고 한다. 정성스럽게 키운 난이 주는 꽃과 향기를 감상하는 호사에 더욱더 난에 매달렸지만 외출조차도 편히 할 수 없고, 설령 했다 하더라도 이런저런 걱정에 마음을 졸이다가 결국 난을 떠나보내야 했다. 그 후 홀가분한 감정이 들어 뒤돌아보니 결국 자신의 소유가 집착이었음을 느꼈다는 내용이었다. 때가 되면 보이는 것보다는 불현듯 나타나 존재의 이유를 알려주는 것이 자신의 소유라면 그 기쁨이 더한다. 하지만 소유가 주는 만족보다는 내 것이라는 이기심으로 인한 과도한 관심과 애정 표현으로 인해 때로는 무소유가 더 행복할 수 있다는 진리를 깨닫기까지 우매한 인간은 많은 시행착오를 겪어야 하고, 그 피해자가 감정 표현을 할 수 없는 식물이기에 더한 미안함을 느껴야 한다.

혼자만의 기쁨을 느끼기 위해 베란다에 억지로 가꿔진 작은 정원의 돌이나 나무에 뿌리를 내린 그들을 보고 있노라면 주인의 마음에 들기 위해 몸부림쳐야 했던 그들의 처절했던 삶의 행보에 경의를 표하며 한편으로는 죄책감마저 들었다. 그렇다고 이제 와서 다시 뿌리를 이식하기엔 이중의 고통을 안겨주는 것 같아 전보다는 더 다정한 눈길을 보내주고 맑은 물을 필요한 만큼 뿌려주는 절제를 배우고 있다. 『무소유』라는 책을 읽고 감동을 받아 가진 것을 내려놓기에 애를 쓰고 있는 이 시점에도 한 편의 수필을 소유하기 위해 머리를 쥐어짜고 있는 내 모습이 아이러니하지만 그래도 진심으로 그들의 입장을 배려하려는 마음을 다져 잡는 것만으로도 장족의 발전이다. 아직은 무소유를 실천하기에 턱없이 부족한 인간이기에 더욱 그렇다는 반성과 함께.

습관적 취미

마우스를 이리저리 돌려 클릭을 반복한다. 컴퓨터를 마주하면 습관적으로 행해지는 의식 같은 행위가 요즘 즐겨 하는 인터넷 쇼핑이다. 자신을 머릿속의 모델로 세워놓고 각기 다른 스타일의 옷을 가져와 입혀보고 벗기기를 수차례 시도해도 여전히 자신이 그려온 스타일이 아닌 듯 고개를 가로젓는다. 옷이 날개라는 말보다는 스타일이 독특하다는 평을 듣는 것에 만족을 느끼게 된 것은 오래전 일이다. 중년에 이르러서도 나이에 걸맞지 않은 패션을 선보이며 나름 패셔니스타라는 자부심을 갖고 있었다. 그만 좀 사라는 아내의 판에 박힌 잔소리는 이미 공허한 메아리가 되어 버린 채 오늘도 새롭고 독특한 스타일의 옷을 찾아 바쁘게 마우스를 클릭하기에 여념이 없다.

인터넷 쇼핑의 기쁨은 클릭에서 시작된다. 설레는 마음으로 모니터를 바라보면 다양한 옷들이 눈길을 끌어당긴다. 꼭 구입을 해야 하는 것은 아니기에 더러는 눈요기로만 만족한다. 패션의 취향은 간단하다. 남들이 안 고르는 옷 위주로 컬러는 블랙이어야 한다. 보통의 남자들이 부담을 느낄만한 디자인을 주로 선호하는 편이다. 손품을 열심히 팔아서라도 되도록 많은 이들이 선택하지 못하는 제품에 관심을 두고 구입한다. 길을 가다 같은 종류의 옷을 착용한 이를 만나면 하루의 기분을 망쳤다고 생각할 만큼 패션에 대해서는 예민한 성격이기 때문이다. 인터넷 쇼핑에는 장·단점이 있다. 모니터로 보고 사야 하니 제품의 질을 정확히 알 수 없다는 단점이 있다. 반면에 저렴한 가격에 발품을 팔지 않아도 취향에 맞는 옷을 클릭 한 번으로 편히 구입할 수 있는 장점도 있다. 처음에는 맘에 들지 않는 제품이 와서 당황도 했지만 주어진 기간을 지켜 반품을 요청하면 빠른 시일 내에 처리해 주는 시스템이 있어 안심하고 구입을 할 수 있다.

20대에는 맞춤 전문점이 많아 셔츠는 디자인을 해서 맞춰 입을 정도로 패션에 대해 극성적인 면도 있었다. 그 당시에는 유행을 앞서가는 디자인으로 일명 건빵 바지에 차이나 카라 셔츠를 입고 도시를 활보했다. 기성복만 구입해서 입는 내 또래들이 힐끔힐끔 쳐다보면 괜히 으스해지는 재미에 어떤 때는 밥을 굶어가며 돈을 모아 멋 내기에 열심인 적도 있었다. 소화하기 힘든 옷을 입고 모임에 나가면 처음의 반응은 거의가 신기해한다. 몇 번의 마주침으로 익숙해진 친구는 웃음으로 인정을 하기도 하고, 때로는 너니까 어울린다는 말을 건네며 꼭 옷의 구입처를 묻는다. 알려줘도 그들에게 낯선 브랜드의 존재는 마음속에 유치하게도 우쭐한 기쁨을 준다. 지금은 인터넷을 통한 기성복 판매가 활기를 띠고 있다. 처음에는 컴맹인 탓에 어려움을 겪었지만 어찌 보면 멋을 완성하기 위해 컴퓨터 실력도 좋아지는 일석이조의 기쁨을 누리고 있다.

옷은 예의라는 게 나의 지론이다. 무작정 자신만 좋다고 장소에 어울리지 않는 착용은 절대 하지 않는다. 예의를 갖춰야 할 때는 철저히 그 분위기에 맞게 차려입는다. 그러나 편한 사람들과의 만남이라면 개성을 뽐낼 차림도 멋을 추구하는 데 있어 괜찮지 않을까 싶어 나만의 개성이 돋보이는 옷을 과감하게 착용한다. 오늘도 나만의 옷을 구하기 위해 손끝이 바빠야 한다는 다짐을 곱씹으며 득템을 향한 열정이 식을 줄 모른다. 병적이라기보다는 자신을 알리기 위한 취미쯤으로 이해해 주련만 아내가 보내는 불만의 눈길은 여전히 날카롭게 뒤통수를 찌른다. 하지만 어찌하랴 고삐 풀린 손가락은 나만의 패션 세계를 구축한다는 궤변 아래 마우스질에 열중인 것을.

극한 이기심

자기만을 위해 산다는 것을 그리 나쁘다고만 할 수는 없다. 자기 살기도 빠듯한데 남까지 배려하면서 살아야 하나? 하는 의문이 들 때마다 갖게 되는 자기 위안이기 때문이다. 지나치게 남을 무시하고 피해를 주면서까지 하는 자기애는 이기심이라고 밖에는 달리 할 말이 없지만 거기에 더해 모든 잣대를 자기중심적으로 재고 거기에 맞춰 남들을 대하고 행동한다면 심한 표현으로 극한 이기심이라고 말하고 싶다. 하지만 이기심에도 여러 종류가 있다. 막무가내 식으로 자신만의 이익을 생각하고 행동에 옮긴다면 그야말로 이기심이 팽만한 삶 속에 사는 것이지만 때로는 남을 배려하는 마음 씀씀이가 이기심처럼 비치는 아이러니도 있다.

어느 날 TV에서 노스님이 질문을 받고 도움이 될 만한 말씀을 해주시는 프로그램을 시청한 적이 있었다. 나이가 지극히 드신 보살님이 오셔서 "스님 저는 자다가 조용히 죽고 싶습니다."라는 말에 스님께서는 그러면 자식들이 너무 슬프지 않을까 생각한다고, 적어도 짧은 기간이라도 앓다가 임종을 해야 자식들도 이별 준비를 한다고 하셨다. 어느 정도 아팠다가 자식들이 힘들어하기 시작하면 그때 죽는 것도 괜찮은 방법이니 자다가 조용히 죽고 싶다는 것도 보살님의 이기심이라고 말씀하셨다. 조금은 수긍이 가는 대목이기는 하다. 어쩌면 일방적인 배려심에서 생긴 이기심이 아닌가 싶다. 부모님 생전에는 얼굴도 안 보이던 자식들이 돌아가시고 난 후에는 죽도록 보고 싶다느니 눈물이 나도록 그립다고 하는 것도 후회로 얼룩진 자기만의 이기심에서 나오는 표현이다. 그리도 그리울 거면 살아생전에 한 번이라도 더 찾아뵙고 살가운 대화라도 나누면 될 것을…. 이런저런 핑계를 대며 부모 공양에는 소홀하더니 정작 큰일을 치르고 나서야 후회를 한다. 나 또한 이 대목에서는 자유롭지 못하다. 홀로 사시던 어머니를 자주 찾아뵙지도 못하고 보내드린 아쉬움이 있어 지인이나 후배들이 이런 처지에 있으면 주제넘는 조언을 한다.

실상에 있어서도 이기심은 자연스럽게 배어있어 당연하다는 듯 받아들이는 잘못을 저지른다. 늘 차려주는 밥상을 받고, 늘 깨끗하게 세탁된 옷을 아무런 표현도 없이 입는다. 그 맛나게 차려진 밥상이 내 앞에 오기까지 재료를 구하고, 다듬고, 정성을 다해 보글보글 끓여 수저를 든 남편의 얼굴에 웃음만 띠어도 행복한 아내의 마음과 잘 세탁된 옷이 내게 오기까지 고생했을 아내에 대한 배려는 쉽게 잊기 때문이다. 자신만 편하게 앉아 진수성찬을 받고 멋지게 차려입고 사회생활을 하면 된다는 이기심이 머리 한구석을 지배하고 있기 때문이다. 간혹 왜 나만

살림을 해야 하느냐는 볼멘 불만에는 헛기침 외에는 달리 답을 찾지 못하는 궁색함도 이기심이 낳은 표현이다. 아내는 아내라는 운명이 주어진 할 일을 하고, 남편은 나름 자신의 일을 한다는 괴변은 아마도 가부장적인 구태가 낳은 병폐임에는 틀림이 없다. 쓸데없는 자존감이 이기심을 낳고 그렇게 주어진 몹쓸 환경을 적절히 사용하는 바보스러운 생각은 빨리 지워야한다.

나이가 들면서 사랑스럽기보다는 미운 짓만 보이는 남편이 심한 감기몸살로 누워서도 이것저것 심부름 시키는 게 귀찮아 미운 마음을 품고 있다가 물을 달라고 하자 누워있는 남편이 손을 뻗어 겨우 닿을만한 곳에 물 컵을 놓는다. 조금이라도 고통스럽게 몸을 당겨 물을 마시는 모습에 그동안 남편에게 알게 모르게 받았던 스트레스를 날리고 왠지 모를 쾌감을 느끼는 아내라면 그간 쌓아 온 부부간의 정보다는 섬뜩하고 편치 않은 기분이 들 것이다.

지나친 이기심은 자아를 해치게 한다. 소소한 이익을 놓고 선택의 기로에 서 있을 때 한 번쯤은 자기중심에서 벗어나 다른 방향으로 생각을 바꿔 선택하는 것도 한 방법일 수 있다. 자신보다는 남을 더 배려하면 그만큼의 복이 되돌아온다는 말이 공허하게 들릴지라도 가끔은 자신을 버리고 누르고 사는 것도 모두의 행복을 위해 필요하다. 늘 긍정적인 마인드를 가지고 자신에게 설령 해가 될지라도 넉넉한 마음으로 기다려주면 언젠가는 웃음 띤 자아를 발견하게 된다. 불만에서 허덕이는 악순환에서 벗어나기 위해 자신과의 대화가 자아를 다스리는 좋은 치료법이 될 것이다.

권위주의의 몰락

오늘도 소파에 누워 물과 리모컨을 대령하라 시킨 뒤 싸늘해진 집안 분위기를 파악하기 위한 방편으로 헛기침을 해본다. 어릴 적 나의 아버지 아니 할아버지 적부터 권위를 내세우는 일성으로 해오시던 헛기침을 기강을 잡는다는 취지로 나의 가족들이 가장의 권위에 도전적인 눈빛이나 잔소리를 내세울 때마다 적절히 사용한다. 시대가 변해도 꿈쩍하지 않고 권위를 내세우는 나에게 처음에는 더러 긴장도 하고 순종도 하더니만 횟수가 잦아짐에 따라 그 효과가 점점 약해짐을 느끼는 건 세월 때문이리라 탓을 해본다.

눈에 보이지 않게 서서히 무너져가는 가장의 권위 몰락에는 미디어의 영향도 한몫을 한다. 가족이 모여 연속극이라도 볼라치면 부모에게 반말은 기본이고 남편에게 삿대질에 막말을 하는 장면이 여과 없이 고스란히 안방에 전달이 되니 무얼 배우겠는가! 하지만 내 가정의 가풍은 내가 지킨다는 일념으로 가족이 흐트러진 모습을 보일 때마다 내보이는 권위의 시발점이 바로 헛기침이 아닌가 싶어 아직도 적절히 사용을 하고 있다.

요즘 TV를 혼자 보고 있노라면 마음 한구석이 비워지는 느낌을 받는 건 무엇 때문일까? 경제적인 빈곤과 아내와의 대화 부족도 그리 염려할 수준도 아닌데 그럼 무엇이란 말인가? 바로 일방통행적인 나의 고리타분한 권위주의에 있었다. 늘 리모컨을 독점하며 채널권을 독차지하던 시절의 서슬 퍼랬던 권위가 스마트폰의 등장으로 그렇지 않아도 약해지는 세력에 부채질한 격이 되어버렸다. 보고 싶은 프로그램이 있으면 곁에 다가와 애교 아닌 애교를 부리며 채널 변경을 요구하던 아내가 이제는 한 번 거절을 하면 뒤도 안 돌아보고 침대에 누워 스마트폰으로 애청 프로그램을 즐긴다. 오히려 밖에 있는 나에게 들으라는 듯 큰소리로 리액션을 하면서 말이다. 순종적인 척하면서 한편으로는 계산된 배신을 꿈꿨던 건 아닌지 의심이 가는 대목이다. 연속극을 애청하는 아내와 다큐멘터리를 즐겨보는 나와는 시청 프로그램 패턴이 완연히 달라 나란히 소파에 앉아 즐겁게 시청하는 모습은 애당초 틀렸다는 걸 누구보다 잘 안다. 그렇다고 이제 와서 나의 애청 채널을 순순히 넘기기에는 자존심도 상하니 이거야말로 진퇴양난에 빠진 격이 되고 말았다.

아들과의 관계는 더 풀기 힘든 난제가 되고 있다. 스킨십도 대화도 끊겨 버린 지 오래다. 평소 같으면 앞에 앉히고 이건 이렇고 저건 저렇다는 밥상머리 교육에 열을 올렸건만 지금은 학교 스케줄 문제로 식사도 따로 하고 취침시간도 달라 늦게 귀가한 놈을 붙잡고 얘기할 시간조차

없거니와 그냥 모른 척하라는 아내의 성화에 부딪혀 그저 속만 끓이고 있다. 자식의 감정 기복에 따른 표현이 기쁨이 되고 서글픔이 되는 시기를 겪는다는 것을 남 일인 줄 알았다. 아들이 예전같지 않다는 느낌은 사춘기에 들어서야 알게 되었다. 딸처럼 애교도 많고 초등학교까지 뽀뽀 서비스도 아끼지 않았던 녀석이었는데 중학생이 되니 방문과 입이 굳건히 닫히고 대화가 급격히 줄어들었다. 평소 가장의 권위를 제일 중요시 하는 애비의 가슴을 무너지게 하는 묘한 기술을 가진 철없는 아들 녀석이 요즘은 눈엣가시처럼 까칠한 존재가 되어 버렸다. 내 기준으로는 기가 찰 노릇이지만 아내의 조언을 들자면 요즘 세대와의 견해 차이 때문이니 참으라고만 한다. 등교 인사도 제 기분이 좋으면 크게 하고 그렇지 않으면 누구한테 하는 건지 대충 얼버무리고는 현관문을 닫는다. 아침부터 붙잡고 인사 교육을 다시 시킬 수도 없고 가장의 권위가 땅바닥에 곤두박질치고 있다.

가족이 가장에 대해 서서히 마음을 닫고 비켜서는 섬뜩한 감정을 느낄 때마다 살아온 시간을 뒤돌아본다. 너는 무슨 복에 그리도 착한 아내와 자식을 얻었냐는 친구들의 부러움에 우쭐하기만 했지 강한 성격을 지닌 나와 사는 가족이 마음속에 담고 살아가는 아픔을 돌보지 못한 오류가 있다는 걸 이제야 느끼고 있다. 모두를 버려야 다시 얻는다는 성현의 말씀처럼 나의 과욕을 먼저 내려놓고 팔을 벌려야 내 품에 안기지 않을까 하는 늦은 깨달음을 얻고도 실행에 주저하는 나는 스스로 몰락의 길을 택한 이 시대의 진정한 바보가 아닌가 되묻고는 한다.

국지성 잔소리

시도 때도 없다는 말이 맞을 것이다. 어릴 적 엄마로부터 시작한 잔소리는 학창 시절 선생님과 직장 상사를 거쳐 아내에 이르기까지 한도 끝도 없다. 변명할 여지가 없는 실수에 대한 것이라면 질타를 받는 것이 타당하다. 물론 이런 고통을 받기까지는 자신의 과오가 있기도 하겠지만 수시로 들려오는 아내의 잔소리는 지나가는 자동차의 소음과 비교될 정도로 일상적이기도 하다. 때로는 한여름 무차별적으로 내리는 국지성 소나기에 비유될 정도로 그 기세가 등등할 때도 있다. 포문을 뚫고 비상하다 목적지에 정확히 꽂혀 터지는 대포알처럼 때로는 여린 마음에 고통을 동반한 엄청난 대미지를 주기에 충분하기 때문이다.

편함을 추구하는 생활 방식이라기보다 개념을 상실한 행동은 곳곳에서 나타난다. 소소한 일이지만 결코 고쳐지지 않는 행위 중에 양말과 옷을 벗어 아무 데나 던지는 버릇, 속옷을 꺼내 입고는 서랍을 닫지 않

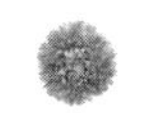

는 행위의 반복은 아내의 화를 돋우기에 충분하다. '거~ 쫌!'이라는 함축된 아내의 일성은 모든 것을 곁들인 협박성 발언 중 하나다. 길게 잔소리하기에도 지친 한마디는 순간적으로 방심했던 행동을 머쓱하게 한다. 평소 빠른 머리 회전으로 불리한 국면을 잘도 빠져나가던 나조차도 위협을 느낄 상황에 이른다. 물론 반격과 반론의 여지가 없는 것은 아니다. 하지만 국지성 소나기는 피해야 상책이듯 일발 장전된 잔소리가 얇은 입술을 뚫고 튀어나오기 전에 서둘러 원상 복구시켜 놓거나 현장을 잽싸게 떠나는 것이 상책이다. 미처 피하지 못해 포화처럼 들려오는 다발성 잔소리에는 그저 법에서 주어진 권리인 묵비권을 행사하는 것이 최선의 방어책이다.

나름 나만의 공간만큼은 청결과 깔끔한 정리를 모토로 삼고 있는 나로서는 간혹 아내의 잔소리에 반론을 제기할 만한 물증들이 있다. 안방을 거점으로 하는 아내의 아지트도 그리 깨끗하지는 않다. 이른 시간에 출근을 해서 그렇다는 구차한 변명과 어울리게 여기저기 벗어 놓은 옷가지와 소품들은 미간을 찌푸리게 하기에 충분하다. 하지만 거실을 침실과 서재 용도로 쓰고 있는 나는 철저한 정리와 나름 청결을 유지하고자 애를 쓴다. 문제는 꼭 트러블을 일으키는 내 옷장이 주로 아내의 행동 영역 안에 있다는 점이다. 아내의 심기를 건드리는 행동적 모순이 펼쳐지는 장이 아내의 중요 거점에 포진해 있는 관계로 늘 잔소리를 유발한다. 가끔은 문제의 물건들을 지적하며 이전을 요구하지만 완강히 버티고 있다. 정리는 아내가 하고 어지럽히는 행위는 내 전문이라는 공식을 깨고 싶지 않은 것이 솔직한 심정이다.

이십여 년을 늘 같은 톤과 맥락의 소리를 듣노라면 때로는 그 잔소리를 달콤한 고백 정도로 승화시켜 들을 수 있는 능력을 키우게 된다. 무시한다기보다 탈 없이 대응하는 지혜를 깨달았다는 표현이 맞다. 아내의 잔소리가 즐겁게 들리는 건 함께 한 세월이 그만큼 많이도 흘렀음을 알려주는 것이다. 습관이든 진짜 짜증이 섞인 잔소리든 중요하지 않다. 받아들이는 이가 아직은 진지하게 받아들일 정도로 세월의 철이 덜 든 것이 가장 큰 맹점이다. 자주는 아니지만 제철 소나기처럼 국지성으로 펼쳐지는 아내의 잔소리는 여느 오케스트라보다 더 장엄한 음률로 하루의 시작과 끝을 마감하는 삶의 흐름이 깃든 음악처럼 들리는 묘한 매력이 있다.

답답할 정도의 침묵이 흐르기보다는 서로에게 큰 상처를 건네는 언어 전쟁이 아니라면 가끔은 아내의 귀여운 잔소리가 삶의 활력을 주기도 한다. 서로 잘 살기 위한 표현으로 받아들인다면 나 또한 잔소리를 유도하는 짓을 서슴없이 할 것이다. 물론 눈치껏 분위기를 살피면서 말이다.

다시 말할까?

뭔가를 갈망하는 눈빛이 애절하다. 출산이라는 어마어마한 인생 과업을 이루기 위해 수술 침대에 실려 가면서도 눈은 내 입술만 바라보고 있다. 잘 하고 오라는 무언의 메시지를 꼭 잡은 손끝으로 전달하고는 수술실이라는 차가운 글씨가 쓰인 유리 문을 사이로 둘은 잠시 떨어져 있어야 했다. 초조한 시간은 늘 더디 가는 법이지만 고문과도 같은 시침의 느린 걸음은 한숨을 동반한 괜한 불평거리만 제공하고 있었다. "오○수씨 보호자 분!"이라는 영혼 없는 통보는 그로부터 한참이 지난 후 귓가를 타고 들어왔다. 강보에 쌓인 채 모습을 드러낸 아이. 내 핏줄이라는 생각도 가슴 깊이에서 끓어오르는 격한 환희의 포효도 잠시, 아내를 찾아 두리번거리는 모습이 우스웠는지 간호사는 턱으로 회복실을 가르쳐 주고는 아이를 안고 쏜살같이 사라졌다. 기쁨도 잠시, 순간 머릿속이 복잡해지기 시작했다. 그리 원했는데 해줄 걸, 하는 후회는 이미 강 건너 간 일, 어떻게 미안함을 전하고 기쁜 웃음을 짓게 할지 머릿속이 복잡해진다. 시들면 추해지는 꽃을 왜 비싼 돈을 들여 사느냐는 게 평소 지론인 무심한 남편, 조금은 어색하지만 약속은 약속인지라 실행에 옮기기 위해 발길이 꽃집을 향하고 있었다. 꽃다발 한 번 주지 않는 고리타분한 남자와의 만남과 결혼. 집요하게 이어지고 쉼 없이 요구하던 꽃 한 송이와 사랑한다는 말. 그게 뭐가 중요해? 마음이 중요하지, 하면서 미련스럽게도 외면하던 답답한 남자가 자기 혈육의 탄생 앞에서는 마음을 여는 듯 꽃집 문을 열고 있었다. '아들 낳아주면 사줄게.' 하며 공수표를 날리는 듯하더니 선심성이 곁들인 마음으로 꽃바구니를 들고 나섰다.

2월 말에 부는 바람이 시원하다. 원래 시원했는지는 모르겠지만 암튼 가슴을 파고드는 바람이 있어 모처럼 미간도 펴고 헤픈 웃음도 흘려본다. 병실로 돌아와 누운 채로 남편을 맞이하는 마취에서 덜 깬 눈가에는 눈물이 고이고 있었다. 아들이래요? 그간 심적인 고통을 대변하는 듯한 일성에 머쓱해진 마음을 추스르고는 고생했다는 엄청난 치하로 꽃바구니를 전한다. 맘씨 착한 아내는 그저 웃기만 한다. 다른 거는요? 훅 치고 들어오는 채근에 깜짝 놀라 딴 소리로 얼버무리다 발길을 돌리니 어디 가냐며 약속을 지키라고 한다. 아들을 낳아주면 꽃다발과 함께 아내의 숙원 사업인 사랑한다는 말을 해준다는 약속을 취중에 하긴 한 것 같은데 아리송한 기분을 떨칠 수가 없다. 서둘러 발길을 돌려 나오는데 마지막 일침이 뒤통수에 와서 내리꽂는다. 무슨 남자가 약속도 안 지키느냐는 한마디에 돌아선 발길 돌릴 수는 없고, 날선 눈빛은 이미 후두부에 와 꽂혀 있는데 어쩔 것이냐 하는 갈등이 뇌를 몇만 번이나 돌고 또 돌고 있었다. 뭐라 중얼거리듯 내뱉은 말이 문득 둘 사이에서 멈춰 선다. 못 들었다며 다시 하라고 채근은 하는데 못 들었으면 그만이라는 구차한 변명 한마디 내던지고 병원 건물을 나와 술집으로 향한다. 십 개월 동안 입덧 심한 아내와 아픔을 공유한다며 금주를 공약했던 만큼 철저하게 약속을 이행해 왔기에 기쁨이 충만한 오늘은 축배를 들어야 한다는 쓸데없는 강박 관념이 일렁이고 있었다. 환희가 가득 찬 한 잔 술. 찌릿한 느낌을 몸 안 가득 전해주는 소주와의 교류는 기쁨 그 이상이었다.

세월이 많이 흘러도 아내는 여전히 말한다. 왜 안 해주는지 언제 해줄 건지 하며 쉼 없는 채근에 엄청난 에너지를 소비한다. 언젠가 지쳐서라도 아니면 치사해서라도 하다 말겠지 하지만 나도 할 말은 해야 한다는 궁색함을 헤치고 이렇게 말했다. 가끔 마음속으로 하는데 다시 말할까?

피의자와 피해자가 한집에 사는 이유

편히 웃고는 있지만 묘한 긴장감이 흐른다. 오가는 말에는 속살만 발라먹다 목에 걸린 생선 가시 같은 성가심이 존재하고 있다. 애초부터 마늘을 올린 밴댕이회와 상추쌈의 궁합 같은 고소함을 기대한 것은 아니다. 많이도 아닌 셋이서 오순도순 어울리며 사는 가족의 모습을 꿈꿔왔지만 가끔 균열이 느껴지는 건 편치 않은 삶의 단면이기도 하다. 남편과 아내와 아들이라는 황금 조합이 서로 다른 생활 패턴을 고집한다면 서로 불편한 나날을 보내게 된다. 거기서 발생되는 불협화음은 불 보듯 뻔한 상황으로 펼쳐진다.

아침저녁으로 하는 샤워는 보통 30분 이상이 소요된다. 몸에 비누칠을 하는 동안만큼은 샤워기를 끄고 있어도 되는데 재벌의 자식도 아닌 녀석이 샤워가 끝날 때까지 온수를 틀어놓고 있다. 물이 부족한 나라에서는 도저히 이해할 수 없는 행위다. 그만의 공간으로 가면 더욱 가관이다. 자기 몸은 과하다 할 정도도 깨끗이 씻으면서 정리정돈은 왜 그리 소홀하게 하는지 참 아이러니하다. 심한 표현으로 돼지우리처럼 지저분하게 해놓고 자신은 아무런 불편도 없다는 듯 생활을 한다. 이쯤이면 잔소리가 반복되는 건 당연하지만 본인의 과오는 모르겠다는 표정으로 묵비권과 회피로 일관한다. 감정이 격해져 거친 말투가 등장하면 보란 듯이 아들과 무언의 동맹을 맺은 여인이 피해자 모임 동지처럼 나타나 대변을 한다. 그럴 수도 있다는…. 그 정도 가지고 뭘 그렇게까지 혼을 내냐는 등 실로 기가 찰 노릇이다. 약속이 있는 날엔 시간 엄수에 철저한 남편에게 어깃장을 놓듯이 나무늘보 같은 동작으로 채비를 한다. 결국 서두르라는 고함을 듣고서야 겨우 속도를 내는 스타일인 아내도 스스로를 피해자라 생각하고 살고 있기에 아들에게는 괜한 동정심이 앞서는 모양이다. 그렇다고 그들끼리 대립이 없는 건 아니다. 아주 사소한 일로 화를 내야 하는 나도 좀스럽지만 되도록 피의자가 눈치채지 못하도록 서로를 질타하는 꼴을 곁눈질을 하다 보면 허탈한 웃음이 난다. 그들이 뭔가 작당을 한 후에 들려오는 웃음소리는 나를 더 예민하게 한다. 화를 내게 된 과정은 그들의 태평한 표정 속에 희석이 되고 오히려 화를 냈다는 것에 서운함을 드러내는 것은 아주 뻔뻔하기 그지없는 일이다. 살면서 그런 문제를 자주 야기하는 건 성격 급한 사람에게는 견디기 힘든 고행이다. 하지만 2 대 1이라는 불리한 구조에서는 속수무책으로 당하기만 하는 것이 어찌 보면 구조적 불합리 같지만 교묘한 궤변을 앞세우는 어이없음을 떠안고 살아가야 하는 이해하기 힘든 삶의 여정 또한 나의 몫이기도 하다. 어느새 자기들은 피해자가 되고 지적과 함께 언성을 높인다는 이유 하나만으로 피의자가 되어버린 코미디 같은 현상이 자연스럽게 벌어진다.

잘못된 생활 패턴으로 인해 일어난 트러블에 대해 과정은 없고 결과만을 중시하는 피해자와 이렇게 되기까지 과정의 답답함을 호소하는 피의자 중에 과연 누구의 손을 들어줘야 할까? 가장은 그에 어울리는 통 큰 이해가 필요하고, 아내는 내조를 함에 있어 참음이라는 마음 씀씀이가 필요하다. 자식은 부모의 말에 잘 따르고 순종해야 된다는 고리타분한 생각을 갖고 사는 가장을 향한 적대감은 시간이 흘러갈수록 그 강도가 더해진다. 그러면서 피해자들은 피의자의 눈치를 보면서 화내는 것을 자제하고 지켜만 본다면 고치겠다는 합의안을 슬며시 들이대고 있다. 아직은 이해할 수 없는 합의안에 수긍할 마음의 준비가 되어 있지 않아 당분간은 이런 대립 상태를 끝내기는 쉽지 않을 것 같다. 앵무새처럼 늘 같은 톤의 잔소리도 고쳐야 하지만 다람쥐 쳇바퀴 돌듯이 잘못된 습관을 고치지 않고 되풀이하는 피해자들의 각성도 필요하다는 것을 깨우쳐야 한다. 속칭 피의자와 피해자의 현명한 합의가 있지 않는 한 대립의 각은 당분간 지속될 것이다. 자신들이 불리할 때면 알아서 연합이 되는 묘한 이해관계를 당분간은 지켜보며 그 동맹을 분열시킬 수 있는 대책을 세워야 한다.

시간이 주는 여유가 서로를 이해하는 법을 알려준다면 버릴 건 버리고 사는 현명함을 길러야 하겠지만 보이는 현실은 이해보다는 질책이 앞서고는 한다. 피의자도 저들의 불합리한 조합을 인정할 수 없으며 기필코 나쁜 습관을 빠른 시일 내에 고쳐 놓겠다는 전투력이 더 상승하고 있기 때문이다. 피의자와 피해자가 한집에 사는 이유는 소소한 갈등으로 간혹 화를 동반하는 대치에도 아직은 서로를 아끼는 사랑이 존재하기 때문이다. 밉고 부족해도 한 운명체라는 생각에 때로는 눈치라는 묘약을 처방해 슬기롭게 헤쳐 나가야 한다고 생각하지만 자아 반성이 필요함을 느끼는 이 순간에도 그들은 피의자를 거실에 버려둔 채 침대에 나란히 누워 무엇이 그리 즐거운지 들으라는 듯 낄낄거리며 태평성대를 누리고 있다는 사실이 또 속을 부글부글 끓게 한다. 가장으로서 넓은 아량으로 받아들이려 해도 그래도 왠지 한구석에 여전히 찝찝함으로 남아있는 건 세상 누구보다 더 선량한 가장이라 부르짖는 나를 그들은 가슴속에 무조건 피의자로만 여전히 담아두기 때문이다. 이런 악조건 속에서도 간혹은 서로를 배려하는 묵인이 있어 평온을 유지시킬 수 있다는 사실이 그나마 위안이 되고 있다.

허허실실

누군가 그랬다. 누구에게든 억지를 쓰며 이기려 하지 말라고…. 특히 평생을 함께 할 동반자에게는 져주는 게 이기는 거라고…. 그 말이 진리라는 걸 알기까지는 많은 시행착오를 거쳐야 했다. 미련한 사람이 화부터 낸다고 다혈질적인 성품은 인생사에 전혀 도움이 되지 않는다는 것은 상대의 김빼기 작전에 당해보면 누구나 허탈감을 느끼게 된다. 큰소리 한 번 내지 않고 상대를 제압하고 자기편으로 만드는 삶의 방식에 꼭 필요한 고급 기술은 역으로 유추해 보면 그만큼 상대편을 감싸줄 수 있는 포용력을 갖추고 있어야 가능하리라는 추측도 해본다.

평소 친구와 술을 좋아하는 생활로 늦은 귀가를 밥 먹듯이 하던 어느 날, 그날도 후배들과의 음주로 귀가가 늦어지긴 했는데 늦어도 너무 늦어버렸다. 일단 출근을 위해 옷을 갈아입어야 하기에 집으로 향하는 택시를 타기는 했지만 머릿속은 온통 무슨 말을 해야 아내의 폭풍 같은

잔소리에서 빨리 벗어날까 하는 생각뿐이었다. 술김에도 잔머리를 굴려 몇 가지 대처방안을 만들고 집에 도착했다. 알량한 가장이지만 평소처럼 초인종을 누르고 아내가 문을 열어주길 기다리는데 그 초조함이란 뭐라 설명하기 어려웠다. 문이 열리고 음량을 최대치로 올린 아내의 볼멘소리가 들려올 때쯤 갑자기 팔을 끌어당기며 "어머! 기록 갱신을 하셨네요." 하며 집안으로 나를 이끄는 거였다. 분명 늦은 귀가를 비꼬는 소리인건 알겠지만 급작스러운 표현의 반전에 더 큰소리로 억지를 쓰려던 내 계획은 온데간데없고 잘 다스려진 순한 양이라도 된 것처럼 서둘러 옷을 갈아입고 출근길에 오른 적이 있었다. 허허실실 작전인지는 몰라도 아내의 반전 어린 대처에 오히려 그동안 가장의 권위가 어떠네 하며 아내를 향한 치기 어린 행동은 부끄러움만 안겨주었다.

반전이 도사린 작전은 또 있었다. 해마다 스키 세트 좀 바꿔야 한다는 투정에도 눈 하나 깜박거리지 않고 사라고 한다. 옷에 대한 욕심이 남다르다 보니 같은 디자인의 외투도 색감이 다르면 구입하고 싶어져 염치는 없지만 아내에게 말하면 한마디 반대도 없이 그러라고만 한다. 특히 고가의 쇼핑 요구에는 더 명쾌한 답이 돌아온다. 물론 대단한 과소비는 아니라도 잦은 쇼핑 요구에 더러 잔소리를 하련만은 아내의 대답은 한결같이 그러라는 대답만 한다. 쇼핑이 투쟁의 전리품은 아니지만 그래도 반대를 무릅쓰고 구입을 해야 성취감이 느껴지는 게 정상적인 것이 아닌가 하는데 아내는 늘 이렇게 김빠지게 만들어 스스로 포기를 하게 하는 신기한 기술이 있다. '어차피 안 살 텐데 뭐 하러 얼굴 붉히며 반대를 해요?'라고 말이다. 기술이라기보다 수법에 가까울 듯하지만 당하는 나는 한두 번 속이 상한 게 아니다. 물론 구입하면 되지, 하는 마음이 없는 건 아니지만 나 또한 과소비에 익숙하지 않은 터라 큰소리만 쳤지 실행에 옮긴 적이 없다는 약점을 스스로 고스란히 드러낸 셈이 되고 말았다.

맞대응하기? 치고 빠지기? 상대가 지칠 때까지 마냥 기다려주기? 무엇을 선택해야 현명해 보일까? 상대의 감정을 상하지 않고도 기분을 다 맞춰주고도 백지 항복을 받아내는 아내의 허허실실 작전은 성공률 100%를 자랑한다. 소심한 남편을 이용한다는 공허한 불평도 아랑곳없이 아내는 오늘도 위아래로 나를 훑어보며 웃는다. 허점투성이에 다혈질인 나를 잘 다스릴 수 있다는 자만심이 넘치는 행위일 것이다. 그러나 오늘도 나는 속으로 웃는다. 만족해하는 그 모습이 보기가 좋아 가끔 허세 부리는 걸 모르는 아내의 순진함이 남아 있어 행복하다는 것을 느끼며 말이다.

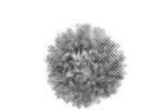

지천명의 얼굴

거울에 이상한 변화가 보이기 시작한 건 얼마 전의 일이다. 뽀얗고 탱탱한 피부만이 등장했던 그곳에 언제부터인가 푸석하고 주름이 조금 더 깊어진 피부가 불쑥 나타나기 시작했다. 처음에는 너무 놀라 거울에 물을 뿌려 그 모습을 지우며 쓴웃음을 지어보기도 했지만 서서히 익숙해지고 난 다음에는 한숨이 동반되는 현실을 받아들이는 오욕을 겪어야 했다. 잔주름 하나 없는 탱글탱글한 얼굴을 바란 건 아니지만 그래도 동년배들보다는 젊다는 소리를 들으며 얼굴에 대한 자부심을 갖고 있었는데 세월에 장사 없다는 옛말이 새삼 가슴을 파고들어 아픔을 건넨다.

피부는 그렇다 치더라도 코밑을 시작으로 턱선을 감싸주던 수염까지 희끗희끗 변해가는 세월의 흐름을 누가 막으랴 싶지만 철없는 중년의 나는 조금이라도 더 젊어 보이기 위해 목하 투쟁 중이다. 아내 모르게 욕실에 숨어들어 점점 변색이 되어가는 수염을 하나둘씩 뽑는 일도 일상이 되어버렸다. 내 몸에 자라난 수염 하나에 전전긍긍하는 모습이 누구도 관심 없을 일이건만 가슴을 조이며 해야 하는 좀스러움이 나를 슬프게 하기 때문이다. 팔팔하던 30~40대에는 전혀 느끼지 못하던 자신의 변화에 놀라는 나이. 세심함이 가져온 참사가 소심함으로 나를 이끌고 있다. 가끔 흰 수염을 바라보며 웃음 짓는 아내의 놀림에도 그저 달관한 듯 무응답으로 지나가지만 몇 분을 못 견디고 욕실로 뛰어들어 또 어디에 더 생겼는지 살피는 꼴이야말로 웃음 짓기에 충분하다. 물론 가족 앞에서 표정 관리는 필수지만 혼자 하는 속앓이는 절망을 안겨주기에 충분하다.

얼마 전 TV에서 방영된 한 드라마에서 남녀 주인공이 오솔길을 걸으며 남자의 외투 주머니에 손을 넣는 걸 보더니 나는 무슨 복이 이리 지지리도 없어 저런 호사 아닌 호사도 못 누리고 사느냐며 아내가 투정을 부린다. 돌아보니 그렇기도 하다. 한 번도 정감 있게 손을 잡아 본 적이 없으니 말이다. 아내의 손을 잡고 슬며시 내 주머니에 넣고 걷는 일이 남들에게는 쉬워 보여도 나에게는 학교 다닐 적 숙제처럼 부담스러워지는 이유를 나도 모르겠다. 그까짓 거 하고 실행하면 될 일인데 그게 말처럼 쉽지가 않다는 이유 같지 않은 이유가 가끔은 내 평온한 삶에 발목을 잡는데도 말이다. 공원 산책을 해도 늘상 성격 급한 내가 몇 걸음 앞에 걸어간다. 물론 자상하지 못한 탓도 있지만 절실하게 다가서지 않는 아내에게도 조금의 책임을 전가해보며 오늘도 아내를 뒤로한 채 눈치 없이 걸음을 재촉하는 서툰 동행을 아직도 스스럼없이 행하고 있다.

주어진 삶이 다 만족스럽지는 않지만 요즘은 보기 드문 순종파 아내가 있어 안정적인 삶을 살고 있다고 생각했는데 언제부터인지 그 아내 입에서 권위주의적인 남편에 대한 불만이 서서히 방언 터지듯 하더니 요즘은 아예 대놓고 요구 사항을 들이댄다. 그런 아내가 꼭 싫은 것은 아니지만 그간 누려온 평온이 깨질까 두려운 것도 사실이다. 못 이기는 척 들어주는 횟수가 늘수록 왠지 어깨가 쳐지는 느낌을 받는 건 왜일까? 뭔가 해주기를 바라기 전에 먼저 해줘야 한다는 지혜의 처방을 묵인만 했던 지난날의 아집을 탓해봐도 이미 늦었다는 후회가 엄습해 온다. 소박한 요구를 들어주는 것도 동행의 기쁨 중에 하나일 텐데 그런 기쁨을 외면한 자신에게 혹독한 자책도 해본다.

거울 앞에 다시 섰다. 거기에는 지금 내 나이에 딱 맞는 얼굴이 능글스럽게 비친다. 누구이고, 어떻게 살고 있는가는 호사스러운 질문이다. 나는 나고 여기는 내가 살며 투쟁하는 현실이 곁에 존재하기 때문이다. 하지만 지천명이 주는 숙제를 복기해보니 바보스러운 삶이 가득할 뿐, 어디를 돌아봐도 눈곱만치도 칭찬받을 대목이라고는 없어 보인다. 가정, 사회 그리고 주변에 대한 자신감 내지는 존재감 수치를 재조명해보니 그저 그런 아주 평범한 중년의 삶을 살았다는 결론밖에는 없다.

오늘도 내 삶의 거울을 본다. 웃음 가득 머금은 행복한 얼굴이 보여지기를 바라며 힐끗힐끗 곁눈질을 한다. 그 내면 속에는 과연 내가 어떤 표정을 하고 있을까? 다시 부끄러운 듯 눈을 끔벅이며 바라본다.

배려의 아이콘

당당한 표정으로 걸어 나와 누구의 눈치도 보지 않고 리모컨을 장악한다. 누가 무슨 프로를 보든 개의치 않는다. 단호한 선택 다음엔 이의 제기를 무색하게 하는 철저한 외면이 있다. 정적이 흐른다. 시사 프로에서 만화 영화로 넘어가는 과정이 단 한 번의 의논도 없이 행해지는 독단적인 행위가 언제부터인가 그만의 고유 권한이 되어버렸다. 바뀐 채널에 신경을 쓰지 않는 것처럼 외면을 하고 표정 관리를 하려 해도 스피커를 통해 전해지는 스토리 전개에 눈치 없이 빠져들어 애써 웃음을 참아야 할 때도 있었다. 어쩌다 그런 모습이 들키기라도 하면 '거봐 재밌지?' 하는 비웃음이 되돌아오기 일쑤였다. 두 개 정도의 프로를 독식하며 실컷 웃고, 혼자 심각한 표정으로 만화 주인공을 향해 한참을 중얼거린 후에야 선심 쓴다는 뉘앙스를 풍기며 보무도 당당하게 다시 자신의 볼일을 보러 간다. 아침마다 벌어지는 어린 아들의 폭군과도 같은 행태에 일방적인 참패가 나름 배려의 미덕이며 소인

배 같은 마음이었다고 스스로에게 위안하며 애써 미소를 짓곤 했었다.

불혹에 이르러 잘못 자리 잡은 사랑니 제거 수술을 하고 귀가한 적이 있었다. 거실에 이불을 펴고 누운 아비의 얼굴이 혹처럼 부어 보이자 이리저리 훑어보더니 "아부지 아파? 아파요?" 하며 안쓰럽다는 표정을 지었다. 다음날 아침. 치통이 가시지를 않아 겨우 참으며 TV를 보며 누워있는데 여느 때와 같이 뒤뚱거리며 걸어 나와 리모컨을 휙 낚아채더니 만화 영화로 채널을 돌린다. 어이가 없지만 늘 있는 일이라서 포기하고 있는데 갑자기 고개를 돌려 아비 얼굴을 한동안 쳐다보다가 엄마를 급히 부르더니 내 얼굴을 가리킨다. 아빠가 아파서 그렇다는 설명을 듣더니 마치 오늘은 아프니 양보해 준다는 듯이 도도한 표정에 나이에 걸맞지 않은 유들유들한 웃음까지 보이며 아비가 보던 채널로 바꿔놓고는 방으로 들어간다. 아마도 치료의 흔적으로 양 볼에 핏자국이 있어 그러는 건지 단 한 번도 양보를 하지 않고 독점하던 채널권을 넘기는 배려를 한 아들을 바라보다 나도 모르게 울컥하는 감정이 동시에 흐르는 묘한 기분에 사로잡혔다. 어린 마음에도 갑자기 환자처럼 보이는 아비에게 선뜻 자신의 기쁨을 포기하고 배려를 아끼지 않는 아들에게 한동안은 감동의 물결에서 헤어나지 못했다.

이십여 년을 한결같이 산 아내는 단 한 번도 자신이 무엇을 먹고 싶다는 바람을 요구한 적이 없다. 남편이 좋아하는 것을 맛나게 먹어주고 선택을 인정해준다. 요리를 해도 매콤한 걸 좋아하는 자신의 입맛은 접고 되도록 덜 맵게 양념을 한다. 외식을 할 때도 늘 남편이 먹고 싶은 것으로 고르라는 아주 사소한 배려가 습관이 되어버렸다. 배려 속에 사는 것도 마냥 즐거운 것만은 아니다. 일상이 배려인 아내의 삶이 더러 안쓰럽게 보이는 것도 배려의 아이콘이 주는 부담 중 하나이다. 선택이 애매해질 때 과감하게 리드를 해주는 것도 마음의 짐을 덜어 주는 것이기에 때로는 아내의 배려를 거부하고 싶을 때도 있다.

자신의 욕심을 자제하고 산다는 것이 여간 힘든 것이 아니다. 다른 이에게 기쁨이나 만족을 주기 위해 순간의 선택을 하는 경우도 있지만 타고난 성품상 양보를 미덕으로 사는 사람의 배려는 고마움을 전하기에 충분하다. 가끔은 자신의 뜻을 너무 거둬들이면 상대에게는 불편을 초래하기도 한다. 경쟁이 심한 사회생활에서 배려를 잘못 해석하면 자기 몫도 못 챙긴다는 평을 듣는다. 자신을 낮추고 남에게 먼저 기회를 주는 배려가 쉽지 않기 때문에 너무 박한 평가가 아닌가 싶다. 물론 평생을 함께 살아갈 가족 간에도 배려는 필수 덕목이다. 기필코 자기 뜻만 고집한다면 서로 갈등만 하다가 결국엔 상처만 남는 삭막한 삶을 살게 되는 것임을 가슴속 깊이 느껴야 한다. 배려는 미덕이다. 자신과 남을 사랑할 줄 아는 사람만이 배려의 아이콘이 될 수 있다.

꿈에도 DNA가 있을까?

누구나 가질 수 있는 꿈, 언제나 무엇으로든 수시로 바뀌는 꿈이라는 잡히지 않는 실체, 그 꿈은 실제로 이루어지는 경우도 있지만 말 그대로 꿈은 한 사람의 바람으로 남아 아쉬움만 남겨주기도 한다. 어려서는 마치 계획을 세우듯이 꿈을 만들어 자신을 거기에 꿰맞추려 애를 쓰지만 그 꿈은 점점 나이가 들수록 그저 쓴 입맛만 다시는 허황된 자신만의 착각으로 남는 경우가 허다하다. 누구나 무엇이든 마음속 깊이 꿈을 설계하고, 사람들은 모두 그 꿈을 성취하기 위해서 걸어가고 있다. 자신은 미처 이루지 못했지만 그 꿈이 대를 이어간다면 실로 경이로운 일이다.

흥미로움이 많았던 어린 시절에 남들과는 다른 삶을 살고 싶었는지 친구들과의 꿈과는 다른 색다른 꿈을 꾸었다. 어릴 적 아이들에게 꿈을 물어보면 대통령이나 부자가 되는 게 일색이었는데 그에 비해 나는 비교적 생소한 아나운서라는 꿈을 키우고 있었다. 70년 당시, 시골에는 TV가 귀해 우리 마을에도 단 한 집만이 소유를 하고 있었는데 그때 축구 중계는 선풍적인 인기 프로였다. '박스 컵'이니 '킹스 컵'이니 하는 국제 대회는 온 국민을 열광의 도가니에 몰아넣었다. 공이 떴다 하면 "김재한!" 슛을 막았다 하면 "이세연!"이라는 아나운서의 흥분된 중계에 매료되어 그날 이후로 나의 꿈은 아나운서가 되는 것이었다. 축구 중계가 끝이 나도 그 흥분은 쉽게 가라앉지 않아 뒷산으로 올라가 혼자서 경기를 떠올리며 중계에 열을 올리고는 했다. 어린 생각에 아나운서의 꿈을 이루기 위해서는 예능 수업을 받아야 한다고 생각해서 예술 고등학교에 지원을 하려고 했다. 그러나 고지식한 집안 어른들의 반대로 원서조차 써보지 못하고 초반부터 주저앉고 말았다. 그 후 일반 학교에 진학을 했지만 그 끼를 버리지 못해 관악부에서 드럼 주자로 활동을 하며 씁쓸함을 달랬다. 마음에 품은 화려한 꿈을 펼치지 못한 좌절은 조금의 방황으로 이어지기는 했지만 지금은 홀로 웃음 짓는 추억의 한 편린이다.

청년기에 이르러서는 도무지 꿈이라는 것을 꾸기에는 벅찬 나날에 부딪치며 살아왔다는 것이 맞는 표현일 것이다. 그러다 친구들보다 늦은 결혼에 늦게 얻은 아들 녀석 재롱을 바라보고 있으면 어떻게 키우나 하는 걱정보다 어떤 멋진 꿈을 심어줄까 하는 엉뚱한 생각을 했다. 옛 어른들의 말씀처럼 제 밥그릇은 타고난다는 말을 믿기보다는 어떤 사람이 되든지 나보다는 더 멋진 사람이 되어야지 하며 아들을 지켜보던 어느 날이었다. 내게 다가와 심각한 표정을 한 녀석의 한마디에 놀

라 가슴을 쓸어내렸다. "아버지! 저는 악기 중에서 드럼이 제일 신나요. 배우고 싶은데 어디서 배우죠?" 내가 고교시절 드럼을 쳤다고 알려 준 것도 아닌데, 아니 그 많은 악기 중에서 초등학생이 드럼을 배우고 싶다니 참으로 놀랄 일이었다. 한편으로는 신기하기도 하고 재미가 있을 것 같아 일부러 악기점에 가서 드럼 스틱을 사다 주며 간단한 개인 기술을 가르쳐 주었다. 곧잘 따라 하는 모습이 여간 신기한 게 아니었다. 그런 모습을 바라보는 아내도 함박웃음을 지으며 즐거워했다. 지금도 여전히 흥얼거리며 뭔가 들썩이며 두드리는 녀석을 보고 있으면 웃음이 절로 나온다. 그 후 저학년 때는 곤충이나 공룡학자가 꿈이라던 아들에게 혹시 장래의 꿈이 바뀌었는지 물었다. 심각한 얼굴로 예능 MC가 꿈이라는 아들의 대답은 나를 경악케 했다.

거기에 더해 시간이 지나면 지날수록 자신을 쏙 빼닮은 행동이 보일 때마다 겉으로는 걱정스러운 얼굴이지만 한편으론 기쁨을 느낀다. 나도 살아가면서 생긴 거와는 달리 무척이나 고지식하다는 말을 많이 듣고 사는 편인데 아들 녀석의 고지식한 면은 나보다도 한술 더 떠 가끔은 짜증이 나기도 한다. 가령 감기가 걸려 병원에서 약 처방을 받고 식후 30분 후에 복용하라고 하면 정확히 시계의 초침까지 재고 난 후에야 복용을 하는 예전에 내가 하던 짓을 그대로 하는 것이다. 어쩌면 그렇게 판박이냐는 아내의 핀잔이 쑥스러울 정도로 꽉 막힌 융통성을 지닌 아들 녀석을 보고 있노라면 나의 거울을 보는 것 같다. 결과야 어찌됐든 나를 닮아 기쁘기는 하지만 한편 걱정스러움을 떨칠 수는 없는 것도 사실이다.

흔히들 친자 확인을 할 때에는 DNA를 검사한다지만 이 정도라면 우스운 절차가 아닌가 싶다. 세상에서 가장 소중한 나의 자식이 자신을 닮아간다는 것, 무척이나 행복한 것이지만 때로는 걱정이 앞설 때도 있다. 이런 점은 닮지 않았으면 하고, 그래도 이런 점은 닮아 흐뭇한 감정을 느낀다. 같이 마주 앉아 스틱을 휘두르며 리듬을 타고 있는 우리는 얼큰한 식성이 같아 즐겁고, 목에 붙은 셔츠의 상표를 제거해야 입는 까다로움이 닮아 웃음 짓는 날이 늘어난다. 서로가 닮은 점이 많아 행복하다.

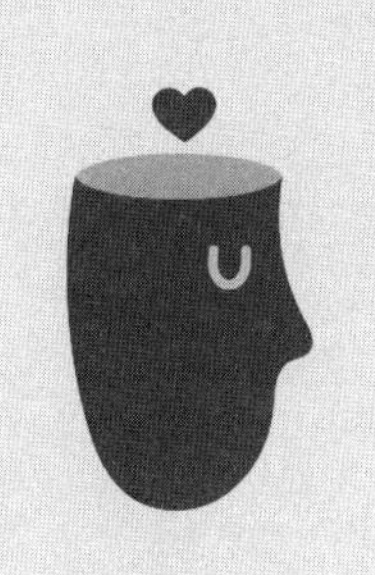

단 2%라도 우위를 점한 마음의 기울기를 통해 확신보다는 좀 더 신중한 선택의 저울질을 했다면 행복으로 가는 지름길에 빨리 들어설 수 있을지도 모른다.

-「49 : 51」 중에서

4부

리더의 덕목

시대가 영웅을 만드는가? 영웅이 시대를 만드는가? 라는 말이나 나라를 통치하는 대통령은 하늘이 만든다는 뜻을 잘 새겨보면 그 안에는 반드시 그때에 필요한 사람이 있어야 한다는 의미로 해석된다. 거창하게 만인을 다스리는 자리는 아니라 해도 한뜻이 되어 모임이라는 그룹이 만들어졌을 때 그곳에도 반드시 리더가 필요하다. 다방면의 사람들 마음을 다독이며 불만을 최소화해 한마음으로 만들 줄 아는 능력의 소유자. 그 리더로 인해 조직이 빛을 발하고 그 반대로 회생이 불가능한 상태로 무너지는 것은 능력을 넘어 타고난 자질이 있어야 가능하다. 리더가 조직을 변화시키는 것인지 조직이 리더를 변하게 만드는 것인지는 바라보는 시각의 차이겠지만 전자에 해당하는 리더는 강한 추진력과 자신감이 바탕이 되어야 하고, 후자에 속하는 리더는 아마도 자제력과 희생하는 마음가짐이 투철해야 한다.

취미 생활로 배드민턴이라는 스포츠를 오랜 시간 동안 즐겨왔고, 다

른 동호인들과 함께 클럽을 만들어 활동을 하고 있다. 모든 스포츠가 그렇듯이 기본에 충실해야 하므로 지도자를 통해 레슨을 받게 된다. 이 중에도 실력이 출중한 지도자는 따르는 레슨자도 많고 팬클럽 형태를 띤 소모임을 만들기도 한다. 우리도 예외는 아니어서 레슨 지도자 한 명을 정해 처음에는 약 20여 명이 모여 모임명도 짓고 이끌어갈 리더를 뽑아야 하는데 회원 중 한 명이 듬직한 체구에 강한 눈빛이 믿음을 주었다. 완벽한 준비 기간 없이 출범을 했기에 모임을 잘 이끌어 나갈 것 같아 적극 추천을 해서 회원들로부터 동의를 받아 모임의 회장으로 뽑았다. 우려했던 상황이기는 하지만 서로 다른 환경에서 활동을 하다 어쩌다 한 번씩 모여 운동을 하다 보니 처음에는 서로 서먹하기만 했다. 그때부터 리더의 활약이 빛을 발하기 시작했다. 강한 리더십으로 회원들과 교류를 하며 단합에 필요한 일이라면 사소한 것까지도 세심하게 챙기는 거였다. 모임의 취지가 좋아 모이기는 했지만 소속감이 없던 회원들에게 단체 티셔츠를 제작하여 하나로 뭉치게 하고, 더 나아가 십시일반으로 돈을 모아 가정 사정이 어렵지만 장래가 촉망되며 열심히 운동을 하는 학생에게 정기적으로 격려금을 주자는 제안에서는 나이에 밀려 고문이라는 직함을 갖고 있는 선배를 민망하게 했다. 훌륭한 리더는 책임감이 있어야 한다는 말이 무색하게 모든 계획의 실패는 자신에게 있다며 회원들에게는 편히 동참해 주기를 바란다는 의견을 자신 있게 피력하는 걸 보면 어쩌면 타고난 리더감이지 싶다. 간혹은 열정이 넘쳐 자신의 뜻이 관철되지 않아 속이 상할 때면 스스로 자제 능력을 발휘하여 다시 회장 본분을 지키려 애쓰는 모습을 볼 때는 리더로서의 성숙도가 커져가고 있음을 느낀다. 앞으로도 더 유연하고 현명한 리더십으로 회원들로부터 전폭적인 신임을 얻는 리더가 되어주길 바라는 마음이 커진다.

몇 년 전 80여 명이 회원으로 있는 클럽의 회장을 맡아 여러 가지 문제로 고민을 하고, 무난하게 해결하기 위한 방법을 찾고 있었다. 자기 주장이 강한 나로서는 참으로 난감함에 봉착을 하고 말았다. 호불호가 강해 주위의 사람과도 좋으면 마냥 어울리고 싫으면 겨우 관계를 유지를 하는 성격이어서인지 우려 섞인 눈길도 느껴야 했고 나 또한 힘겨워 했다. 모든 것을 접고 포용하기까지 많은 마음속 고생을 해야 했다. 더러 곱지 않은 행동을 하는 회원들을 보듬고 자신을 낮추는 방법을 터득하기까지 긴 시간이 걸렸지만 무조건 이해해 주는 회원들의 성원 덕분인지 우리 클럽을 부러운 눈길로 바라보는 동호인들이 늘어가고 있음을 느낄 때가 있다. 평소 강한 성격을 눈여겨 본 원로 형님들은 걱정을 많이 하셨는지 한번은 편한 술자리에서 형님 한 분이 회장이 바뀌었을 때 클럽이 갈라져 분해될 줄 알았다면서 지금은 염려의 끈을 놓으셨는지 웃으셨다.

〈웰컴 투 동막골〉이라는 영화를 보면 대열에서 이탈한 북한군이 산골마을에서 임시 거처를 하며 마을 촌장에게 어떻게 고함 한번 지르지 않고 부락민들을 휘어잡느냐고 비결을 물으니 촌장은 무덤덤한 표정으로 "뭐를 많이 먹여야지 뭐."라고 하는 말에 실소를 했었다. 현실과는

면 얘기지만 아픈 곳, 가려운 곳을 잘 해결해 줘야 리더로서의 자격이 주어진다는 뜻이라 이해를 했다. 나는 그저 주어진 환경에 배려라는 알량한 마음만으로 클럽을 이끌어 왔다면 전자의 경우인 후배 회장은 자신감이 깃든 리더십으로 선후배 회원들을 하나로 묶는 타고난 강한 리더십의 소유자였다. 우려를 한낱 기우로 바꾼 신통력을 발휘해 지금은 회원 수도 증가했고, 정기적인 모임을 통해 회원 상호 간에 자부심을 심어주는 리더의 능력이 빛을 발하고 있다. 아직도 소심한 성격에 겨우 주어진 임무를 실행하는 나와는 달리 개성이 강한 회원들로 구성된 모래로 쌓은 탑같이 불안했던 모임을 잘 이끌어 나가는 후배 회장이야말로 타고난 리더의 덕목을 지닌 굳건한 기둥이라는 것을 믿어 의심치 않으며 쑥스럽지만 마음속으로 무한한 경의를 표하고 있다.

되묻기

가끔 되묻고는 한다. 나는 누구인지, 무얼 하고 있는지를…. 진짜로 궁금해서 그러는지 아니면 스스로를 바라볼 때 답답한 마음이 들어서인지는 모르겠다. 세월이 흐를수록 소위 멍하게 보내는 시간이 잦아지고 한숨을 동반한 정체 모를 자괴감이 밀려올 때면 자신에 대한 정체성 묻기는 극에 달한다. 언제부터인지 분명 자신이 모습을 드러내고 있는데 왠지 낯설게만 느껴진다. 젊고 탱탱했던 피부는 온데간데없고 늘 푸석하고 피곤에 지친 얼굴이 머쓱하게 한다. 그럴 때마다 여러 방법을 동원해서라도 현재의 모습을 지워보려 하지만 다시 윤곽을 드러내는 것은 생기 잃은 중년의 수척한 얼굴뿐이다.

구조조정이라는 사회적 암초에 걸려 다니던 직장에서 은근한 압력을 받고 퇴직을 할 때만 해도 당장 그만둔다 하더라도 무슨 일이든 다시 할 수 있다는 자신감이 넘쳐있었다. 그간 고생했는데 좀 쉬라는 아내의 위로 덕에 그나마 어깨를 펴고 당당하게 회사 문을 나설 수 있었

고, 웃음 지으며 동료들과 작별 인사도 나눌 수 있었다. 십여 년 만에 다니던 직장을 그만둔 그날, 위로하러 온 아내와 손잡고 걸으면서도 애써 평온한 얼굴로 대할 수 있었다. 그래 좀 쉬자. 벌어놓은 것은 없어도 아무 탈 없이 직장 생활을 마치지 않았는가? 주어진 삶에서 한 템포 쉬어가자, 라는 생각이 들어 조금은 위안이 되었다. 그러나 한번 리듬을 놓친 사회에 대한 도전은 쉽게 기회를 주지 않았다. 조금만 더 조금만 더, 하며 속절없이 시간만 갉아먹기 시작했다. 밤이면 이불 속에서 발버둥을 치며 자신에게 되물어도 한번 허물어진 삶의 흐름은 실망과 절망이라는 나락으로 자신을 내몰고 있었다.

재취업과 창업이라는 두 그림을 놓고 저울질하고 있을 때, 사회는 경제적인 압박에 빠져 젊은 청춘들이 명예퇴직이라는 허울을 쓰고 줄줄이 직장이라는 틀에서 이탈하고 있었다. 소규모 창업이 붐을 이루고 도산이라는 쓰라림이 그들에게 도미노처럼 밀려들어 엄청난 혼란을 가중시키고 있었다. 그런 상황을 팔짱을 끼고 바라봐야만 하는 나의 마음은 타들어 가고 점점 자신감을 잃어가고 있었다. 나는 누구인가? 지금 무얼 하고 있는가? 라는 깊은 딜레마에 빠져 도무지 헤어 나올 수가 없었다. 아침이면 출근 시간에 쫓겨 허덕이는 아내를 바라보기가 민망해 일부러 자는 척하는 시간이 늘어가고 있었다. 그 괴로움을 잊기 위해 술을 마시고 차라리 곯아떨어져 자는 것이 나아 보여 가끔은 그런 방법을 택하기도 했다. 자주 컴퓨터 앞에 앉은 나를 보고 아버지는 왜 집에서 일을 하냐는 아들의 말 한마디는 차라리 쥐구멍이라도 들어가고 싶은 심정이었다. 그럴 때마다 아버지는 프리랜서이기 때문에 집에서 일을 한다는 변명이 낯 뜨겁게 느껴지기도 했다.

세월은 흐르고 그 속에 안주한 나는 자연스럽게 술을 부르는 시간이 잦아지고 있다. 주위의 눈치도 보지 않고 아니 애써 외면했다고 하는 편이 맞다. 그렇게 시간은 나에게 적응이라는 불치의 병을 안겨주고 있다. 적응처럼 훌륭함과 무서움을 지닌 단어가 또 있을까 싶다. 가끔씩 들려오는 아내의 눈치 섞인 잔소리도 넓은 아량으로 받아 줄 수 있다는 궁색함을 내세워 유들유들하게 넘어가는 힘 잃은 중년의 모습을 겨우 지탱하며 지내고 있다. 한편으로는 남들과 같이 사회에 나가 삶과 투쟁을 하고 싶다는 마음은 간절하지만 휴식처럼 주어진 현실에 잘 적응하고 있다는 두려움이 때로는 삶의 발목을 잡고 있는 이중성에 시달리기도 했다. 다시는 젊음의 열정을 다해 일하던 그 시절로 돌아갈 수 없다는 사실과 그 기쁨을 즐길 수 있었던 기억을 쉽게 되감을 수 없는 현실이 불안감을 자극하고 있다.

대한민국의 한 지방에 살고 있는 오십 대 그리고 미래가 불안정한 삶의 기로에 서있는 남자라는 사실 밖에는 뚜렷한 해답이 없다는 사실이 슬프다. 되감기가 어려운 시간의 소비는 그렇다 치더라도 대안 없는 정체가 늘 가슴을 짓누른다. 또래를 만나면 같은 화두로 안주 삼아 울분을 토하지만 가는 세월은 누구도 역행할 수 없다는 진리 앞에 쉽게 무너진다. 정년퇴직이라는 어쩌면 정상적인 행보가 부러워진 지금, 자신에게 주어진 인생의 행로를 잘 가고 있는지를 다시 되물어 본다.

49 : 51

감정의 쏠림이 반반이라는 어정쩡함이 주는 갈등이 있다. 2%라도 앞선 수치에 마음이 기우는 것은 얄팍한 인간의 마음이다. 절박함이 밀려올 때마다 요동은 더욱 심해지고 나약한 심정은 갈등에 갈등을 거듭하다가 결국엔 어느 한쪽에 치우쳐 그것을 향해 마음을 굳히게 된다. 해를 거듭할수록 무엇을 결정함에 있어 과감성이 없어지고 이렇게 하면 또 저렇게 하면 어떻게 될까! 라는 불안감에 타이밍을 놓쳐 좋은 기회를 스스로 떨치곤 한다.

소시민들에게는 평생의 꿈이 내 집 마련이 아닌가 싶다. 젊은 시절 방황이 잦아 한곳에 정착하지 못하고 떠돌기만 했다. 다소 늦은 나이에 결혼을 하면서 있는 돈 없는 돈 다 모아 소형 아파트에서 전세로 살게 됐다. 모든 소시민들의 바람처럼 몇 년 후에 더 큰 평수로 옮기려 했던 계획은 생각만큼 쉽지 않았다. 열심히 절약을 하고 저축을 해서 계획에 옮기려는 시기에 전 세계를 강타한 불황으로 경제가 어려워지는 악재가 덮쳐왔다. 매매가보다 전세가가 더 높은 기이한 현상이 벌어지고 말았다. 계약기간이 만료하여 전세금을 요구해도 차액을 줄 수 없으니 집 주인은 전세가격에 아파트를 매입하라는 거였다. 중형 평수로 늘려가려 했던 우리는 예기치 않았던 난관에 부딪치게 되었다. 어떤 결정이 가장 현명한 것인지 쉽게 마음을 잡을 수 없었다. 전세금 회수를 원하는 독촉 전화를 하면 자신도 빚을 얻어 전세 끼고 아파트를 구입한 것이라며 한 번만 봐 달라며 급기야 눈물까지 흘리며 역으로 우리에게 사정을 해왔다. 매몰차게 거절도 못 한 우리는 고심 끝에 매입은 하지 않고 그냥 눌러 살기로 하고 쓰린 가슴을 달래며 지냈다. 다시 2년이 흘렀을 땐 경기가 기적적으로 회복해 전셋집도 간신히 평수를 넓혀 겨우 이사를 갈 수 있었다. 하루에도 몇 번씩 갈등해야 해야 했고, 머릿속을 복잡하게 했던 모진 다짐과 선량한 다짐이 반반이 되어 괴롭혔지만 끝내 모질지 못한 다짐으로 몇 %가 기운 결정은 불가피한 손해를 보고 말았다.

집에 대한 결정에 두고두고 후회한 일이 한 번 더 있었다. IMF 막바지에 분양가가 비교적 저렴한 모 아파트 청약을 넣고 탈락된 후 허탈해 할 때였다. 오백만 원의 프리미엄만 주면 살수 있다는 아내의 권유가 있었지만 월급쟁이가 그 돈을 벌려면 얼마나 힘이 드는데 그런 짓을 하냐며 완강히 반대했다. 그것이 우리에게 찾아온 적은 돈으로 집 장만을 할 수 있었던 마지막 기회였다. 이때를 기점으로 아파트 분양가격이 천정부지로 뛰어 다시 쓴 입맛만 다시게 되었다. 갈등이 없었

던 건 아니었다. 약간의 출혈을 감수해야 할까? 아니면 정석대로 살아야 하는지의 갈등 속에서 반반으로 갈렸던 갈등이 1~2%의 우위로 인해 생돈을 쓰지 말자는 내 고집을 아내도 꺾지 못하고 포기하고 말았다. 인간이 가질 수 있는 심경의 소용돌이 속에서 더 실속 있는 선택이 주는 의미는 중요한 결단을 하는 데 있어 굉장한 역할을 한다. 평생의 숙원이라는 집 장만의 꿈은 한 순간의 심경의 기울기로 인해 두고두고 후회하는 빌미가 되어 이사를 걱정할 때마다 아내를 대하기가 민망스러워지고는 했다.

그 시절로 다시 돌아가 앞이 보이지 않는 삶에 어디로 가야 할지의 선택의 기회가 주어진다면 49 : 51이 주는 미흡한 감정의 양에 치우치지 않고 대화와 의견 수렴으로 평생 후회 안 할 선택을 할 수 있을 것 같다. 잠시나마 자신의 마음 쏠림에만 의존해 독단적인 결정을 내려 가족 모두가 힘겨워했던 어리석음을 다시는 저지르지 않는다는 새로운 교훈을 얻은 셈이다. 단 2%라도 우위를 점한 마음의 기울기를 통해 확신보다는 좀 더 신중한 선택의 저울질을 했다면 행복으로 가는 지름길에 빨리 들어설 수 있을지도 모른다.

리폼reform의 필요성

삶의 방식이나 의식의 구조를 새롭게 바꿔 현실보다 더 윤택하게 살고 싶은 욕망, 그런 삶을 살고 싶은 욕심이 없는 사람도 있을까? 누구도 자신의 앞날을 자기만의 색깔로 맘껏 칠할 수 없기에 펼쳐지는 인생의 파노라마는 가끔씩 절망이라는 철퇴를 맞기도 한다. 그 절망에 발목이 잡혀 한 걸음도 내딛지 못하는 우매함은 자신이 져야 할 숙제임에는 틀림이 없다. 힘들면 옆을 돌아보고, 때로는 뒤를 돌아보다가도 안 되면 손을 내밀어 도움이라도 청해 늪처럼 빠져만 드는 불행에서 자신을 건져 삶의 리폼을 단행하는 현명함이 때로는 필요하다.

일정한 시간에 일어나 출근을 하고, 빡빡한 하루 일과를 보내고, 지친 몸으로 퇴근을 해서 다시 어제와 똑같이 반복이 되는 일상적인 직업을 가진 이들의 만족도는 바닥을 가리키고 있다. 나 또한 별수 없이 직장 생활에 얽매여 쳇바퀴 돌 듯하는 생활을 한 적이 있다. 지친 일과

의 유일한 낙은 퇴근 후, 동료들과 값싼 안주에 소주를 마시고 농담과 푸념을 일삼으며 만족할 만큼 취한 후에야 파김치처럼 늘어져 잠을 자고, 다시 정시 출근을 하고 점심시간이 되면 떼를 지어 콘크리트 건물을 나와 배고픔을 해결하고, 다시 퇴근을 알리는 배꼽시계의 정확성에 탄복을 하며 회사를 나서는 그저 그런 삶을 살고 있었다. 한 치 앞을 내다볼 수 없었던 암흑 같던 시기, 꿈도 희망도 없이 그저 눈앞에 주어진 업무 처리에만 급급하던 시기였다.

컴퓨터가 없던 시절, 유일한 취미라고는 시간이 날 때마다 노트에 빽빽하게 노래 글이나 쓰고 거기에 곡을 만들어 혼자 기타를 치며 흥얼거리는 게 내겐 큰 낙이었다. 평행선으로 흘러가는 시간, 높이도 보이지 않고 앞만 보고 가도 그리 밝아 보이지 않는 일상은 액면 그대로 다람쥐 쳇바퀴 돌 듯하는 모양새였다. 눈앞에 주어진 일이라는 삶의 숙제를 한 움큼이라도 덜어보려고 몸부림치다 절망이라는 시련이 계속되면 희망이라는 패턴으로 돌아서기 위해 삶을 리폼하는 과감성도 필요하다. 노래 글이라며 끄적거리던 취미생활에서 등단한 시인으로의 삶을 살기 시작한 인생의 행로도 어찌 보면 삶의 리폼에 성공을 했다고 할 수 있다. 기회가 찾아오는 것도 있지만 스스로 삶의 질을 바꾸고 자존감을 살리는 일은 자신을 위해 꼭 해야 할 일이다. 우연이라 할지라도 다가온 기회를 놓치지 않음으로써 새 삶으로 가는 자신을 바라볼 때 그 기쁨과 설렘은 실행해 보지 않은 사람은 느낄 수 없는 묘한 희열이기 때문이다. 무엇보다도 내 삶의 최고의 리폼은 독신주의자로 산다는 억지를 풀고 가정을 꾸려 나름 행복하게 살고 있고, 평온으로 돌아온 삶의 바퀴가 조금은 덜 버겁게 느껴지고 자식이라는 존재의 이유가 자라나는 경이로움을 느끼게 된 건 아마도 하늘이 내게 준 크나큰 기쁨이고 수혜다. 일상이 주는 지루함과 포기하고 싶은 나약함을 버리고 다시 활기찬 삶을 영위하기 위해서라면 한 번쯤 과감한 리폼이 필요하다. 누가 내 삶을 바꿔 줄 수 없는 거라면 스스로 개척하는 방법밖에는 없기 때문이다. 고된 생활에 얽매기보다는 잠시 여유를 갖고 뒤돌아보며 동행을 해야 할 것과 새롭게 리폼을 해야 할 것을 정확히 정하고 실행에 옮기는 것이 행복으로 가는 지름길이다.

작은 것에 대한 변화보다는 수시로 마음먹기에 따라 그때마다 변화를 주면 된다. 하지만 더 큰 세상으로 나아가는 경쟁력을 기르기 위해서 반드시 리폼이라는 메스를 대야 한다면 되도록 빨리 대는 것도 혹시 모를 힘겨움을 동반한 공백에 대처하는 슬기일지도 모른다. 인생사에 그려보지 못했던 미지의 세상으로의 변화는 늘 위험을 감수해야 한다. 그러나 성취했을 때의 기쁨은 배가가 되기 때문에 한 번쯤은 심각하게 삶의 리폼을 구상하고 그 설계도에 따라 진지하게 변화를 추구해 나만의 색깔로 사는 것도 괜찮은 삶의 방법 중 하나일지도 모른다.

스토리텔러

원하던 곳에 자신이 꿈꿔온 그림 같은 집을 짓는다면 아마도 인생 최고의 기쁨일 것이다. 앞으로 펼쳐질 삶을 머릿속에 그리면 세상을 다 가진 것 같은 기쁨에 구름 위를 떠다니는 기분을 느낀다. 자신이 생각한 색깔대로 모양대로 인생을 꾸밀 수만 있다면 말이다. 현실 속에서 자신의 소망대로 무언가를 이루려면 우선 불가능하다는 생각을 버려야 한다. 더러 무모해 보이지만 소망을 이루기 위해서 먼저 나만의 그림을 마음속에 그려 보는 것이 중요하다. 무엇을 어떻게 한다는 구체적인 설계도를 가지고 사는 사람이 있다면 그것을 실현하기 위해 얼마만큼의 땀을 흘려야 할지 궁금하다. 이루면 이룬 만큼보다 더 얻으려 하는 게 인간의 본성이기에 더 큰 설계도를 만들고 그 안에 자신의 만족을 채우려고 한다. 삶의 테두리 안에서 나만의 이야기를 그리는 환상도 가끔은 지루한 일상에 활력소가 된다.

거역할 수 없는 운명을 다시 만드는 일이 가능할까 싶다. 물론 현실에서는 불가능한 일이겠지만 상상으로 만든 세상에서는 무궁무진한 이야기를 펼칠 수 있다. 고교시절부터 그룹사운드를 만드는 것이 작은 바람이었다. 그 바람을 이루기 위해 꿈을 꿀 정도로 열정적으로 심취해 있었다. 겨우 결성한 밴드의 막내로 들어가 청소와 설거지를 하는 것도 즐겁다. 팀의 기타리스트 겸 보컬을 맡아 현란한 조명 아래 뭇 여성들에게 손 키스를 날리며 등장을 한다. 흐느끼는 허스키 보이스로 쥐어짜는 듯한 애절함으로 무대를 누빈다. 고급 세단에 피곤한 몸을 싣고 지방 공연을 가면 그 지역 어깨들이 두 줄로 서서 인사를 하고 경호를 맡아준다. 그야말로 돈 벌고 칙사 대접을 받는다. 숙박은 밀려오는 팬들의 극성으로 예약된 호텔 측이 난색을 표명해 돌아오는 차 안에서 대충 잠을 잔다. 아침이면 CF 촬영에 인터뷰까지 하며 정신없이 보내고, 식사도 거르기 일쑤지만 팬들이 보내 준 도시락을 먹으며 행복한 기지개를 펴본다. 외출할 때에는 이미지 관리를 위해 짙은 선글라스는 기본으로 착용을 하고, 명품으로 올 세팅을 하고 나서야 집을 나선다. 눈코 뜰 새 없이 일에 전념을 하다 보면 돈과 명예는 자동으로 쌓이게 된다. 드레스 룸만 해도 이십 평은 거뜬히 넘을 넉넉한 평수에 호텔 출신 요리사가 건강을 책임지고 있다. 아! 내일이면 외국 공연 스케줄이 잡혀 있어 설레는 마음으로 잠자리에 든다. 출국 수속을 마치고 전용기에 탑승을 했다. 평소 고소공포증은 있지만 오늘은 가슴이 점점 더 답답해져 온다. 안 되겠다 싶어 수면제를 먹고 잠을 청하다 난기류 때문인지 격한 흔들림에 놀라 잠에서 깬다.

누군가 몸을 흔들어 눈을 떴다. 깜짝 놀라 정신을 차려보니 밤새 써 내려가던 꿈속 이야기가 한 번에 깨어지는 아내의 목소리가 들린다. "출근 안 해요? 무슨 꿈을 꾸길래. 저렇게 발버둥을 치며 잔대…." 하며 눈을 흘긴다. 그럼 그렇지! 지금 내 나이가 몇인데 그런 호사를 누릴까 싶어 헛웃음이 났다. 갈망이 지나쳐 이십여 년 전의 소망이 중년에 이르러 꿈속에서나마 새로운 인생을 살아보았다. 주어지지 않은 운명을 마냥 바랄 수는 없는 노릇이다. 그렇다고 쉽게 포기하고 주저앉을 수는 없기에 이렇게 꿈에서라도 운명을 만들어본다.

거실 한구석에 먼지를 뒤집어쓰고 비스듬히 누워있는 통기타를 정성스럽게 닦아 다시 튕겨본다. 살아가는 현실이 답답하고 풀리지 않을 때는 한 번쯤 생각의 일탈을 해보는 것도 도움이 될 것 같다. 할 수만 있다면 새로운 일상을 스스로 만들고 놓고 그 안에 가끔은 자신을 이입시켜 삶의 쾌감을 느껴보는 것은 어떨까? 어차피 내 인생은 남이 살아 주는 것이 아닌 만큼 때로는 억지스럽더라도 자신의 색깔에 맞는 이야기를 만드는 것도 중요하다. 자신이 만족할 만큼 삶의 활력을 스스로 만들어가는 것도 자신을 사랑하는 한 방법이다.

소소한 비밀

누구에게나 한 가지 정도는 감정 속에 숨겨 누구에게도 보여주길 꺼려 하는 것이 있다. 나만이 알고 있어서 또는 다른 사람이 몰라야 하기에 가슴이 쫄깃해지도록 속 깊이 간직한 그 무엇이 바로 비밀이다. 설령 사소하다 하더라도 그런 비밀 하나 정도를 제때에 고백을 하지 못해 마음 졸이며 살아야 했던 시간들도 분명 경험을 했을 것이다. 물론 범죄에 해당되거나 남들에게 엄청나게 피해를 주는 것을 소소한 비밀이라고 하기에는 표현이 부적절하기는 하다. 거짓말하는 것을 제일 싫어하는 나는 지금도 아들에게 누누이 강조하는 부분이 혼이 나더라도 절대 거짓말은 하지 말라고 충고를 한다. 거짓말은 드러내지 않으면 곧 자신만의 고통스러운 비밀이 되기 때문이다. 일생을 살면서 실수도 하고 뭔가 남들에게 드러내놓기 싫은 것에 대해서는 비밀이라는 이름으로 꼭꼭 숨기려 애를 쓰는 번거로움을 떨쳐버리기 위해서라도 부담스러운 비밀은 간직하지 않는 것이 좋다.

어린 시절 넉넉하지 못한 생활 속에서 특히 어머니에 대한 정직도는 스스로 대견하다고 생각했다. 그중에서도 돈에 관해서는 결벽증이라 해도 될 만큼 자기 관리를 철저히 하고 있었다. 고교 시절 자취 생활을 하다 보면 늘 용돈에 쪼들리기 마련이었다. 대부분의 시골 출신들은 용돈은커녕 학용품도 겨우 사서 쓸 정도였다. 그런 어느 해, 전국에 굉장한 태풍이 강타를 해서 엄청난 피해를 주었던 시기가 있었다. 학교에서는 모금 운동을 해서 피해 학생들에게 약간의 위로금을 전하는 행사를 했다. 실상 큰 피해를 보지 않은 나에게도 위로금 대상이라면서 성금을 주었다. 늘 용돈에 시달렸던 터라 이때다 싶어 어머니께는 말씀도 안 드리고 친구들과 신나게 빵집으로 분식집으로 다니며 짧은 시간 안에 모두 탕진하고 말았다. 그러나 신이 나서 쓸 때와는 달리 시간이 지나면 지날수록 죄스러운 마음이 가슴 한편에 자리 잡아 어머니를 볼 때마다 가슴이 무거웠다. 그렇다고 다 쓰고 난 뒤 말씀을 드리기가 어정쩡해서 그냥 그렇게 비밀이 되었고, 그 비밀은 늘 마음의 짐으로 남아 있었다.

많은 세월이 흘러 연로하신 어머니는 세월을 따라 떠나셨고, 결국 나의 비밀 아닌 비밀은 끝내 고백처를 잃어버리고 말았다. 유품을 정리하던 중 어머니 시집오실 때 혼수품으로 가져왔다는 자개장롱 맨 밑 그것도 서랍 밑에서 삼백만 원이라는 거금이 발견되었다. 집을 떠나 자취 생활을 하면서 그리도 부탁했던 용돈을 인색하게 주시더니 이렇게 몰래 모으고 있으셨나 싶어 헛웃음이 나기도 했다. 시간이 흘러 어머니 입장에 서서 생각을 해보니 풍족한 용돈 한 번 안 주시고 아끼고 아낀 돈을 막내아들의 앞날을 위해 고이 접어 간직하고 계셨던 세월이 얼마나 힘이 들었을까! 그리고 이 비밀을 긴 세월 어떻게 숨기고 계셨을까를 생각하니 안쓰러운 마음이 든다. 어찌 보면 어머니는 아들의 거센 반항에도 굴하지 않고 꿋꿋이 돈을 모으며 한 번의 큰 기쁨을 안기기 위해 평생 비밀로 간직하며 살아오신 것이다. 아들은 어머니 몰래 만 원을 쓰고 평생 죄스러운 비밀을 간직하고 살았고, 어머니 또한 살아생전에 자식들에게 고백하지 못한 미안함을 가지고 있었으리라는 생각에 가슴이 먹먹해졌다.

가볍게 생각한 비밀이 고백의 타이밍을 놓쳐 영원한 비밀이 되기까지 겪어야 하는 서로에 대한 미안함과 약간의 고통은 비밀이 주는 벌이 아닐까 한다. 아주 질이 나쁜 비밀이 아닌 다음에야 먼 훗날이 지나 공개가 돼도 용서와 이해가 되지만 그렇지 않은 비밀은 엄청난 고통과 형벌이 따르기 마련이다. 마음에 고통을 주는 비밀, 되도록 간직하지 않는 것이 가장 현명한 방법이다. 지난 세월 심각하게 간직했던 비밀이 지금은 술에 취하면 푸념거리로만 남아 특히 후배들에게 개똥철학 같은 교훈으로 들려준다. 비밀은 가져라, 그러나 아름다운 비밀만 간직하고 나머지는 세상에 대고 풀어야만 본인의 가슴이 시원해질 것이라고 말이다.

리얼 처제

모처럼 밥상을 향하는 젓가락이 분주하다. 남들은 입맛이 떨어진다는 여름철인데도 식성이 좋은 건지 식탐이 있는 건지 입맛이 없어 못 먹겠다는 투정은 도무지 내게는 이해할 수 없는 대목이다. 아내 손맛의 최고봉 노각무침과 버섯찌개도 별미지만 평소 침샘을 자극하는 건 단연 멸치볶음이다. 기름기가 반지르르 흐르고 선홍빛 고추장으로 버무려진 멸치는 작은 것보다는 국물용 멸치를 머리와 내장을 뺀 후 무쳐야 일단 씹는 맛부터가 남다름을 느끼게 한다. 어쩌다 반찬이 떨어져 아내에게 부탁을 하면 만들기가 번거롭다는 이유로 거절을 하기에 시장 반찬가게에서 구입해 먹기도 하지만 맛이 만족스럽지 않아 나름 불만이 있었다. 그런데 우연히 알게 된 지인의 동생이 건네준 멸치볶음이 나의 입맛과 마음을 사로잡았다. 음식을 주고받을 정도로 친한 사이는 아니지만 자주 마주치다 보니 자연스레 아내와도 언니 동생 하는 사이가 되었고, 내 특유의 넉살로 몇 번을 더 얻어먹은 후 차라리 내 처제를 하면 어떻겠냐는 나의 뜬금없는 돌직구 제의를 흔쾌히 받아준 착한 심성이 오늘까지 이어져 우리 풍습상 존재하지 않을 수양 처제라는 인연을 덥석 맺고 말았다.

결혼 전, 나의 꿈은 처제 많은 집으로 장가를 가서 처제들과 즐겁게 지내는 바람이 있었다. 처남보다 처제를 선호하는 건 아마도 막내로 태어나 동생이 없는 삭막함을 애교 많은 처제들로 인해 풀어보려는 욕심인지도 모르겠다. 실제 처가에는 처형만 있을 뿐 내 꿈의 로망인 처제는 없어 마음속으로 실망을 하던 차에 생긴 처제는 나에게 적지 않은 기쁨을 준다. 핸드폰 연락처 이름도 처제라고 바꿀 정도로 귀한 존재가 주는 기쁨은 엄청난 시너지 효과를 준다. 틈나면 형부 걱정에 거기에 입맛에 맞는 음식까지 직접 배달까지 해주니 이런 소소한 행복을 어디서 얻을 수 있을까 싶다. 이제는 만나는 사람마다 처제 자랑에 여념이 없자 지인들은 내 모습이 우스운지 어이없어 하면서도 수양 처제가 그렇게 좋으냐고 묻는다. 처제가 생긴 기쁨도 있지만 아내의 든든한 말벗도 되어주니 천군만마를 얻은 셈이다. 하지만 가끔은 나 홀로 과도한 기쁨이 넘친 표현이 여과 없이 전해져 처제를 당황스럽게 만들기도 한다. 어쩌다 연락이 뜸하기라도 하면 내 목소리가 조금 달라지는지 처제가 주눅이 들어 대화를 마칠 때도 있어 괜히 얽매 놓은 관계로 부담을 주는 건 아닌지 후회를 하기도 한다. 전화기 너머로 형부의 삐친 듯한 목소리가 전해지면 처제의 안절부절 하는 당황스러운 목소리에 심술기가 발동한 나는 언제든지 처제 관계를 해지할 수 있다는 어이없는 통보를 하고는 한다. 물론 농담이지만 그만큼 처제를 귀히 여기는 형부의 철없는 행태라고 생각하는지 처제도 웃음으로 대해준다. 처제는 얻었는데 문제는 처제 친정과의 관계를 어떻게 정리를 해

야 할지 걱정이었다. 처제 부모님을 평소에 뵙기는 했지만 혈연관계도 아닌데 덜컥 수양 처제를 맺고 나니 혹시라도 불쾌해 하실까 걱정을 했다. 우려와는 달리 처음에는 약간 어색하기는 했지만 흔쾌히 허락을 해주셨고, 지금은 처제 부모님과는 여행도 같이 다니고 김장도 같이 할 정도니 그야말로 한 가족이 된 셈이다. 나는 팔자에 없던 처제가 생겨 즐겁고, 아내는 친자매처럼 지내는 것을 좋아라 하니 일석이조의 기쁨을 얻은 셈이다.

바람이 인연이 되어 좋은 관계를 맺고 유지한다는 것이 결코 쉬운 일은 아니다. 서로를 귀하게 여기고 존중해 준다면 하늘이 내려준 인연보다 더 좋은 관계를 유지할 수 있다. 멀리 있는 친척보다 이웃사촌이 더 좋다는 노랫말처럼 자주 만나지 못하는 형제보다 가까이 있는 수양 처제가 내겐 몹시도 귀한 존재가 되어버렸다. 덤으로 동서와 예쁜 조카까지 얻었으니 내게는 큰 횡재가 아닌가 싶다. 남편과 두 딸을 케어하면서 직장까지 다니는 부지런한 처제에게 한몫 거들어 수양 형부까지 신경을 써야 하는 짐을 떠안게 했으니 미안한 마음이 들기도 하지만 가끔은 맥주 한잔하며 마음속 이야기를 나누고, 서로 살아가는 지혜도 나누고 나면 소소하지만 이런 것이 참 행복이 아닌가 싶다. 그러면서도 한편으로는 착한 처제 놀리기가 여전히 재미있는지 가끔 연락이 뜸해 내가 먼저 안부전화를 하면 수화기 너머로 들리는 처제의 목소리를 따라 하며 장난을 치는 심술스러운 기쁨을 누리기에 바쁘다. 수많은 사람들 중에 처음엔 어쩌다 맺어진 인연이지만 이제는 자신 있게 마음속으로 묻고 싶다. 나는 수양 처제가 아닌 리얼 처제라고 생각하는데 처제 생각은 어때? 라고.

상상의 잣대

자신이 바라는 원대한 희망을 마음대로 상상하고 그 계획을 마음속에서라도 펼쳐 볼 수 있다는 건 잠시나마 꿈을 이뤄 봤다는 점에서 행복을 느낀다. 자신만을 위해 자기 입맛에 맞게 상상을 한다는 것 또한 순간이지만 기분을 좋게 만든다. 하지만 살다 보면 자기 뜻대로 되는 일이 그리 많지는 않음을 느끼게 된다. 꼭 비교를 하며 살 수는 없지만 남들에 비해 자신의 모든 것이 뒤처진다는 생각을 지니고 자주 그것들에 대해 스트레스를 받게 되면 불쾌하고도 자존심이 상한다. 애써 잊으려 해도 잊히기는커녕 늘 뇌리 속에 머물며 자신을 괴롭히는 열등감 같은 증상은 평생 지고 가야 할 일종의 삶의 짐이 된다. 하지만 방향을 바꿔 새로운 삶을 상상하게 되면 다시 그 곤경에서 벗어나는 시기도 빠르고 자신감도 얻을 수 있다. 긍정적인 상상력은 삶의 질을 높이는데 엄청난 영향을 미친다. 자기 분수에 맞는 삶을 설계하고 그것에 맞춰 사는 것이 올바른 방법이지만 나약한 인간이기에 때로는 과한 상상력에 자신을 우겨넣고 스스로의 능력으로는 헤어

나지 못해 더러는 긴 시간동안 깊은 절망에 빠지게 된다. 긍정적인 상상과 해서는 안 될 상상의 잣대를 잘 구분해야 설령 상상일지라도 아름다운 결론에 도달하게 된다.

어느 모임에서 지인의 아내가 하는 말이 실소를 짓게 했다. 자신은 요즘 남편이 아닌 다른 사람으로 인해 대리 행복을 느끼고 있다고 한다. 그 주인공이 누구라는 걸 듣고는 일행 모두가 어안이 벙벙해져 표정 관리를 하기에 바빴다. 요즘 인기 프로그램에 자주 등장을 해서 유명해진 배우가 자신의 남편이었으면 좋겠다는 게 소원이라는 거였다. 그녀 왈, 잘생긴 건 덤이고 거기에 자상하고 요리도 잘하니 자기는 그런 남편과 사는 상상을 자주 한다고 한다. 옆에 앉아 당황스러워하는 그분의 남편이 조금 고지식한 면을 지니고 있는 거는 사실이지만 그렇다고 삶에 있어서 딴짓을 하거나 불성실한 것도 아닌데 그런 남편이 고리타분하게 느껴지는 것도 모자라 이제는 짜증까지 난다고 한다. 그 배우와 살면 매일 다른 메뉴의 맛난 요리에 미소 띤 자상함까지 얼마나 행복할지 상상만 해도 엔도르핀이 솟아난다고 한다. 정말 실없이 웃음이 났다. 같이 자리한 지인들이 한목소리로 복에 겨워 저런다는 질타에도 그분은 벌써 그 배우가 차린 진수성찬을 받은 듯한 표정으로 몹쓸 상상의 나래를 펴고 있는 것 같았다. 순간 내 아내가 아니라서 다행이라는 생각보다 나도 모르게 아내의 얼굴을 바라보며 같은 생각을 하는 거 아니냐는 무언의 협박성 눈길을 보내고 있는 내 자신이 유치해 보여 쓴웃음을 짓고 말았다. 남편 입장에서는 나름 가정을 잘 지키고 주어진 삶을 큰 무리 없이 살아간다고 자부를 하고 있었을 텐데 한 이불 속에서 평생을 같이 할 아내는 몹쓸 상상을 하고 있었으니 갑자기 그분이 불쌍해 보이기까지 했다. 후일담이지만 그 말의 충격이 컸는지 남편은 병을 얻어 고생을 했지만 아내의 극진한 간호로 지금은 완쾌되어 전보다도 더한 금슬을 보여줘 지인들에게 기쁜 눈살을 짓게 한다.

'바꾸지 못할 거면 잘 다듬어 고쳐 쓰라'는 인생의 명언이 문득 머리를 스치고 지나간다. 영화나 소설 속에서만 가능한 삶을 현실에 펼쳐 놓고 신세한탄부터 한다면 얼마나 초라해 보이는지는 스스로 판단할 일이지만 어쩌면 남을 탓하기보다 이 세상에서 자신이 최고라는 상상을 하며 더 완벽한 삶을 일구기 위해 노력한다면 행복은 더 빨리 다가오지 않을까 한다.

상상은 그 자체보다도 어디에 잣대를 대고 비교하느냐가 중요한 것 같다. 우리는 자주 주어진 삶을 거부하고 자신마저 속박의 그늘에 안치해 놓고 엉뚱한 곳에 시선을 돌려 왜 나만 이러지? 라는 불평을 한다. 하지만 자신과 어울리는 생활 패턴에 만족하고 좀 부족하면 열심히 노력하는 편이 정신 건강에는 훨씬 도움이 된다. 하다가 안 되면 잠시 휴식 시간을 갖고 허공에 대고 나만의 행복 스크린을 펼쳐 잠시라도 오로지 자신만을 위한 세상을 만들어 보는 것도 한 방법이다. 불만으로 인해 생긴 고통의 치유는 몹쓸 상상보다 즐겁고도 실천하기 편한 상상의 잣대를 비교해보는 것도 꼭 필요한 처방이 될 것 같다는 명의 같은 상상을 감히 해본다.

그들도 우리처럼

온기는 후끈하다. 늘 그래왔듯이 마음의 준비는 단단히 했지만 가슴은 어느새 긴장감의 팽창으로 벌렁거리고 있다. 서둘러 몸을 풀고 봉사자임을 알리는 주황색 조끼를 입고 코트마다 셔틀콕을 한 통씩 배치를 한다. 새것이 아닌 재활용 콕을 놓는 것이 낯뜨겁기는 하지만 열악한 현실은 어쩔 수가 없다. 서둘러 봉사자들의 인원수를 체크하고 나면 하나둘씩 각자 개성 있는 표정을 한 얼굴들이 모습을 드러낸다. 햇살 비추는 창을 등지고 등장하는 모습은 마치 슬로비디오처럼 걸어 들어오는 듯해도 보무도 당당한 걸음걸이는 긴장을 유발하기에 충분하다.

오후 2시가 되면 누구랄 것도 없이 원형으로 체조 대형을 만든다. 맨 처음으로 하는 건 몸풀기 체조다. 하나라는 의미로 둥글게 양팔 간격을 한 후 되도록 간결한 동작으로 구성된 율동 체조를 시작한다. 봉사자들과 지적 장애우들이 한데 어울려 한바탕 율동을 하다 보면 저절로 즐거움이 생겨난다. 많은 동영상을 보고 되도록 쉽고 따라 하기 편하게 만든 율동 체조는 그날 참여 친구들의 컨디션을 체크하는 데 도움을 주기도 한다. 몇몇 친구들의 딴짓은 이미 눈에 익숙한 풍경이기도 해 그저 웃음으로 넘긴다. 딴짓을 하고 싶어 하는 게 아님을 알기에 안타깝다기보다 그저 원형 대열에서 이탈하지 않는 것에 대한 고마움이 더 앞선다.

더러는 웃자고 하는 소리로 더러는 고마움의 표현으로 내게 주어진 직책은 장애우 배드민턴 교실 교장 선생님. 그들이 그렇게 부를 때마다 무인가 교장이라며 웃음으로 대신하지만 소심한 성격의 나로서는 여간 신경이 쓰이는 게 아니다. 봉사자 인원부터 봉사 내내 쓰일 비용 문제도 가슴을 답답하게 한다. 관련 단체에서도 많은 도움을 주지만 내심 속앓이를 해야 하는 숙제 아닌 숙제이기도 하다. 지성이면 감천이라고 여러 가지 힘든 문제도 해마다 많은 기부자와 협회의 도움으로 간단한 장비는 물론 즐거운 간식까지 해결을 할 수가 있었다.

코트는 20개, 각 코트마다 봉사자가 한 줄로 서고 반대편에는 장애우 친구들이 나란히 서면 상대의 지적 상태에 맞춰 맞춤형 봉사가 시작된다. 올해 새로 시작하는 친구들도 있고, 벌써 3년째 참여하는 친구들도 눈에 띈다. 한 시간 내내 같은 질문을 반복하는 대윤이는 건강과 이성에 대한 궁금증이 대부분이었다. "샘님! 술 많이 마시면 나빠요?" "샘님! 담배 피우면 어떤 병이 걸려요?" 계속되는 질문에 가끔은 귀찮기도 해서 모든 걸 몰아서 답을 해준다. "대윤아! 술은 간암, 담배는 폐암, 본

드는 나쁜 거야!" 하면 "여자랑…" 하며 또 다른 관심사로 질문을 하지만 조금만 더 치자는 제안에는 더 이상의 군말도 없이 열심히 한다. 작년에 엄마랑 같이 왔을 때는 꾀를 부리더니 올해는 의젓하게 혼자 와서 성실하게 임하는 진호의 모습에 코끝이 싱긋해지기도 했다. 하나는 말수도 적고 표정 변화도 전혀 없지만 봉사자에 대해서는 잣대가 엄격하다. 봉사자가 마음에 들지 않으면 가차없이 봉사자 교체를 요구한다. 순식간에 퇴출당한 봉사자는 어이가 없어 하지만 하늘이의 지적 특성을 아는 주위의 봉사자들을 웃음 짓게 만드는 카리스마는 대단하다.

진심은 어디에서나 통하는 것 같다. 진실된 마음으로 장애우를 대하면 다음 시간에 슬그머니 그 봉사자를 잡아끄는 장면을 목격하게 된다. 지적 장애가 있다고 해서 마음까지 장애가 있는 것은 아니다. 자기에게 최선을 다하는 사람에게는 먼저 마음을 열고 다가선다. 서로가 호흡을 맞추고 상대의 지적 상태나 취향을 알아갈 시간이 되면 아쉽게도 봉사 시간의 종료를 알린다. 다시 처음처럼 원형으로 모여 체조를 하고 양손을 잡고 외친다. "다 함께 파이팅!"을 한 후에 마지막으로 간식을 타고 나면 완전한 타인이 된다. 한 시간 내내 자신을 위해 열성을 다해 봉사를 했어도 돌아가는 시간이 되면 철저한 외면으로 초짜 봉사자들을 당황시키기도 한다. 그것이 또한 그 친구들이 가진 매력이라고 느끼고 난 후부터는 간식을 들고 서둘러 가는 뒷모습조차도 사랑스럽게 보인다. 깍듯하게 인사를 하고 가는 친구들도 더러 있지만 바로 자기의 세계로 돌아가는 모습에 그저 눈빛으로 다독이는 것밖에는 달리 방법이 없기에 나 또한 바로 나에게 주어진 삶으로 바로 회귀할 수 있어 좋기는 하다.

장애가 흉이 아니고 우리와 격이 다른 계층의 사람들이 아니라는 생각과 말들은 쉽게 한다. 거창한 단어로 봉사를 한다고는 하지만 결국 주어진 시간을 마치고 나면 우리가 더 배우고 가는 것은 아닌가 싶어 반성을 하게 된다. 우리는 힘들면 살짝 찡그리면서도 표시 나지 않게 포장을 하지만 그 친구들은 거의 변화 없이 시종일관 주어진 행동에 최선을 다하기 때문이다. 해마다 그 친구들과의 이별의 시간이 다가오면 자연스럽게 마음속 기도를 하게 된다. 그들도 우리처럼 자신의 의지대로 움직이고 생각하는 기적이 일어나기를 바라고 그 바람이 꼭 이루어져서 다시 만나면 우리를 먼저 기억하고 다가와 손바닥을 부딪치며 하이파이브를 할 수 있는 그런 친구들이 되었으면 하는 소망이 가슴속에 움트고 있다.

* 가명을 사용했음을 알립니다.

회복 탄력성

쉽게 부러지지 않고 휘어졌다 놓으면 탄력에 의해 빠르게 원상복구되는 대나무처럼 살수는 없을까? 계절의 모진 질타에도 휘어질 듯 부러질 듯하면서도 이내 꼿꼿하게 일어서는 기질을 본받고 싶어질 때가 있다. 세상 풍파에 시달리다 보면 생각지도 못했던 곳에서 좌절을 맛본다. 타의에 의한 무너짐이라면 더욱더 상처에서 회복되기 쉽지 않지만 스스로 긍정적인 마인드를 가지고 있다면 회복 능력은 기대 이상의 힘을 발휘해 재기를 하는 데 있어 엄청난 탄력성을 발휘한다.

어렵게 자금을 마련해 전통찻집을 차린 적이 있었다. 카페라는 업종이 유행처럼 퍼져 남들은 많은 돈을 투자해서 세련된 인테리어로 어필을 하던 시기였다. 작은 상가 2층에 젊은이들이 보면 고리타분하다고 느낄만한 옛날 물건들로 그것도 목수를 직접 구해 인테리어를 했다. 옛날 물건을 많이 판다는 서울 황학동에 가서 소 여물통을 구해 탁자로 사용하고, 수소문 끝에 시골에서 돌절구를 실어와 작은 연못을 연출했다. 메뉴는 전통차로 구색을 맞췄고 실내 음악까지도 철저하게 국악을 선택하는 등 시대에 뒤처진 건지 아니면 너무 앞서간 건지 모를 나의 행보에 모두들 의아해했다. 시작은 의욕이 넘쳤다. 갖가지 이벤트도 준비하고 나름 여러 아이디어를 동원했지만 문제는 손님의 발길이 뜸한 거였다. 시기를 너무 앞선 탓인지 입지 조건이 안 좋은 건지 생각보다 영업 면에서 이익을 내지 못하고 있었다. 애초 개업을 할 때는 마음을 비우고 시작을 했지만 막상 가겟세를 걱정해야 할 만큼 자금 압박이 오자 마음은 점점 초조해지기 시작했다. 그래도 나름 버틸 수 있었던 것은 서서히 단골이 생기면서 때로는 한식구처럼 같이 걱정을 해주는 지인들이 많아진 거였다. 그들이 스스럼없이 찾아주는 것으로 위안을 삼으며 2년여를 버텨 왔지만 더는 버틸 수 없는 상황에 이르러 급기야 한 달 한 달 월세를 보증금에서 제외하는 지경이 되었다.

처음으로 하는 사업이 허무하게 망했다는 표현으로 다가오니 마음은 점점 피폐해지고, 경제적으로 어려움이 다가왔지만 돈은 잃었어도 그곳에서 친분을 쌓은 많은 선후배들이 이십 년이 지난 지금까지 교류를 하고 있으니 다 잃은 것만은 아니었다. 그들의 관심과 배려가 있어 빨리 털고 일어나 취업이라는 전환점을 마련해 빠른 회복력을 발휘할 수 있었다.

남들보다 조금 늦은 나이에 취업을 하니 선입견이 얼마나 무서운 것인지 뼈저리게 느꼈다. 작은 하청업체에 취업을 해서 생활을 하는데 왠지 동료들의 눈빛이 곱지가 않았다. 그도 그럴 것이 대부분의 동료

들은 대중교통을 이용해 출근을 하는데 나는 최고급은 아니지만 중형급의 차량을 이용해 출퇴근을 하는 것부터 눈엣가시였던 것이다. 언젠가는 떠날 사람, 시간 때우러 임시로 취업을 한 사람이라고 선을 그어놓고 나를 대하고 있었다. 그들에게 다가가기란 쉽지 않음을 느낀 나는 바로 사교성을 발휘해 접근하기 시작했다. 방법은 하나 술친구가 되어 진지한 대화로 그들을 이해시키는 방법이었는데 노력이 가상했는지 얼마 지나지 않아 내가 없으면 술 약속이 이뤄지지 않을 정도로 친해질 수 있었다. 그리고 몇 해 지나지 않아 구조조정이라는 낯선 단어에 철퇴를 맞고 직장을 떠나야 하는 위기에 봉착을 했다. 갑자기 닥친 좌절은 정신력이 있어야 이겨낼 수 있다.

아프다고 해서 아픔만 껴안고 슬프다고 해서 슬픔만 껴안고 산다면 무슨 소용이 있겠는가? 자신의 모습을 찾고 살아가는 행복은 자신의 노력에 의해 얻어지는 것이니만큼 뭐든 무슨 일이 닥치든 최대한 빨리 그것도 쉽게 회복할 수 있는 힘을 키워야 한다. 타고난 회복 능력이 탄력을 받아 어떤 난관도 어렵지 않게 헤쳐 나가는 일은 살며 느끼고 생각하는 과정에서 스스로 얻는 인생사가 주는 덤인지도 모른다. 호락하지 않은 사회생활을 하다 보면 많은 기쁨과 좌절을 느끼게 된다. 많은 이들은 기쁨에 안주해서 언젠가 올지 모를 아픔을 망각하고 산다. 하지만 빠른 회복으로 다시 일어설 수 있는 탄력적인 사고의 변환과 마음속 깊이 회복 능력을 장착하고 살아간다면 어떠한 어려움에도 굴함이 없이 자기가 그려놓은 삶대로 살아갈 수 있다.

콤플렉스 극복하기

설레는 마음으로 쇼핑백을 연다. 늘 익숙한 컬러인 블랙 티를 꺼내 이리저리 둘러본다. 얼굴은 만족한 기쁨으로 가득하다. 서둘러 입기 위해 상품 스티커를 제거하고 거울 앞에 선다. 디자인이나 평소 좋아하는 색깔의 의상을 적당한 값을 치르고 구입한 터라 기분은 마냥 들떠있지만 마음 한곳이 영 찜찜한 것이 다시 신경을 곤두서게 한다. 몇 시간 전, 의류점에서 사이즈에 맞게 선택을 하고 착용을 했을 때 느꼈던 약간의 불안감이 다시 엄습해온다. 색상이 마음에 들면 약간의 불편함은 감수해야 한다는 평소 지론대로 구입한 옷인지라 마음을 추스르고 다시 한번 착용을 해본다. 미끄러지듯 내려가던 목티가 두상 부분부터 꽉 끼어버린다. 순간 등줄기에 식은땀이 흐른다. 나의 영원한 콤플렉스가 다시 내 신경을 건드리고 있다. 억지로라도 당겨 착용을 마친 옷은 완벽한 태를 선보이지만 다시 불거진 콤플렉스로 인해 기분이 점점 다운되고 있다.

또 다른 콤플렉스를 준 것은 바로 입술이었다. 도톰한 내 입술을 두고 주위의 친구들이나 가족들이 많이도 놀렸다. 입술 모양이 닭똥집 같다고 하는 건 애교 섞인 놀림이었다. 입술이 썰어놓으면 세 근은 넘을 것 같다는 놀림은 차라리 언어폭력에 가까운 아픔을 느꼈다. 거울을 볼 때마다 부모를 원망했던 어린 시절을 빼고는 성장을 하면서 스스로를 위안할 줄 하는 지혜가 생겼다고나 할까? 아님 그 처해진 운명에 적응을 했다고 해야 할지는 모르겠지만 어느 날 TV를 통해 본 어느 지성인의 말을 들은 후부터는 콤플렉스에 관한 한 관대함이 생기고 남들에게 자랑스럽지는 않지만 그래도 유머가 섞인 대응이라도 건넬 수 있었다. '입술이 두터우면 사랑도 두텁다.'는 근거 모를 한마디는 메마른 대지에 단비를 뿌리는 고마움같이 마음속 상처를 빠르게 치유해 줬다. 지금은 억지스러운 위로만으로도 웃음 짓는 여유도 생겼다. 바람이 불면 얼굴 좌우로 공평하게 나누어 바람을 가르는 입술 선이 고맙기도 하다. 남들보다는 조금 더 두상이 크고 입술이 두텁기는 하지만 지혜나 재치가 가득한 머리와 윤기가 흐르는 입술은 나에게는 한 치의 게으름도 허용하지 않을 만큼 관리를 하는 나름의 노하우도 지니고 있다.

간혹 듣는 얘기지만 나와 악수를 한 사람들 대부분은 깜짝 놀라 손을 빼며 "엄청 두툼하시네요." 한다. 손가락이 남들보다 엄청 두툼하다는 것을 안 것은 금은방에서 사이즈를 재는 샘플이 나에게 맞는 것이 없어 제일 큰 사이즈보다 두 단계 크게 맞춰준 주인이 "이 정도면 반지가 아니라 굴렁쇠인데요." 하던 기억이 있어서다. 그때는 웃음이 났지만 잠깐은 콤플렉스에 시달렸던 적이 있었다. 지금이야 악수를 하던 사람이 흠칫 놀라면 "폭신해서 좋죠?" 하며 먼저 농담을 하는 여유가 생겼고, 간혹 어르신들이 내 손을 보고 건네는 복스럽다는 말이 위안이 된다. 물론 지금이야 더도 없이 자랑스러운 손이 되었지만 말이다.

완벽한 신체를 지니지는 않았지만 그런대로 인간 무리들 중에서 튀지 않게 살아가고 있다. 자신을 알고, 자신에 맞는 삶을 살아간다면 별 무리 없는 일상이 되겠지만 살아가면서 느끼고 이겨내야 할 아픔은 누구에게나 다가오고, 헤쳐 나가기 위해 노력을 하는 것도 콤플렉스를 떨쳐버리는 한 방법이다. 때로는 느끼지 못했던 자신의 신체 결함으로 인해 어느 한순간 기쁨이 되고 아픔이 되는 경우도 종종 느낀다. 세상사 마음먹기 나름이라는 성현들의 말씀이 새삼 와닿는다. 같은 여건 속에서도 한편으로는 엄청난 스트레스를 받고 사는 콤플렉스가 되지만 살짝 생각만 바꾸면 장점이 될 수도 있다. 콤플렉스라는 스스로 얽매놓은 테두리 안에서 허덕이고만 있으면 그 아픔은 영원히 끊기 힘든 사슬이 된다. 물론 의학적인 시술로 인해 신체가 주는 콤플렉스를 탈출하는 방법도 있지만 무엇보다도 마음속 깊이 자신을 위할 줄 아는 방법을 찾는 것이 가장 필요한 묘책이 아닐까?

살다 보면, 여행을 하다 보면 자신에게 없던 연민까지 생겨 스스로를 보듬고 아끼는 마음이 생긴다. 여행은 곧 삶이기에 더욱 더 애착을 지니고 실행하는 여정이다. 삶을 든든하게 받쳐주는 곁가지처럼 표시 없이 곁에 존재하며 틈틈이 활력을 불어넣어 주는 무한 활력의 저장고이기 때문이다.

-「삶도 여행처럼」 중에서

5부

나만의 정원으로 초대

물방울 머금은 연초록 식물들의 상큼한 몸짓이 눈앞에서 펼쳐진다. 활력이라는 최고의 에너지를 나눠주는 선심을 마다하지 않는 생명들이 서로의 존재를 의식하며 더한 푸름을 보여주기 위해 발버둥 치는 듯하다. 비타민을 머금은 듯 상큼함을 내세우며 자신의 존재를 알리기에 여념이 없다. 열악한 환경 속에서도 주면 주는 대로 불평 한마디 없이 받아들이며 항상 맑은 얼굴을 유지하는 비결은 어디에 있을까? 볕이 깃들어 온몸이 드러나면 부끄러운 듯이 고개를 숙이고, 시원한 물줄기라도 뿌리면 고개를 들어 필요한 만큼만 받아들이는 현명함에 있다. 잠에서 덜 깬 이른 아침에도 베란다 문을 열면 여지없이 웃는 얼굴로 아침 인사를 대신하는 귀한 생명들이 있어 하루의 시작이 싱그러움으로 넘쳐흐른다.

나만의 정원은 베란다에 펼쳐져 있다. 비록 규모가 작기는 하지만 정성스러운 손길로 식물들에게 생명을 불어넣는 공간이다. 처음에는 나

무뿌리나 기와 조각 등을 주워와 인위적으로 식물과 접합시키는 재미에 푹 빠져 있었다. 혼자 신이 나서 콧노래를 부르며 다양한 모양으로 작품이라는 것을 만들었다. 풍란, 석곡 등이 마른 나무뿌리에 올라앉은 모양새를 바라보는 게 즐거움이고 낙이었다. 시간이 지날수록 나만의 정원은 꽤 그럴싸한 경관을 갖추게 되었다. 하지만 혼자만의 기획으로 억지로 꿰맞춘 그들과의 동거에는 즐거움이 있는 동시에 분명 불편함이 있었다. 숙취로 힘겨운 날에 베란다 문을 열면 피곤에 지친 나를 바라보던 잎사귀들이 위로를 건네기는커녕 보기도 싫다는 듯이 매몰차게 외면을 한다. 가족에게 미안해하기 전에 왠지 모르게 녀석들 보기가 민망해지는 웃지 못할 상황이 벌어지고 있다.

어쩌다 여행을 가면 제때에 영양분을 섭취하지 못해 지쳐 늘어진 녀석들의 모습이 떠올라 초조해진다. 혹시나 그들이 겪을 고통 내지는 불편함을 애써 외면하고 있는 것은 아닌지 반성을 했다. 어느 날엔 시름시름 앓다가 잎이 떨어지는 모습을 보고 너무 내 욕심만 앞세운 것이 아닌가 싶어 미안함이 앞서기도 했다. 그럴 때마다 마음을 추스르며 정성을 다해 보살피는 것밖에는 달리 방법이 없다. 이런 나의 정성을 조금은 알아차렸는지 이제는 어색했던 동거를 받아들여 간혹 꽃을 피워주고 뿌리를 싱싱하게 뻗어주는 기쁨을 준다.

인간의 욕심으로 낯선 곳으로 옮겨와 주어진 환경에 적응하기 쉽지 않은 여린 식물이기에 때로는 측은지심이 드는 것도 사실이다. 나만이 즐기려는 이기심에 때로는 그늘 아래 꼭꼭 가두는 우를 범해 누렇게 변한 얼굴 때문에 당황한 적도 몇 번 있었다. 그들에게 아이를 다루듯이 많은 정성과 배려가 필요한 이유다. 소유가 주는 편치 않음을 철저히 느끼다 보니 간혹은 귀찮음을 느끼기도 하지만 주기적으로 흠뻑 물을 뿌려줘야 비로소 웃음을 보이는 녀석들의 습성 때문에 긴 여행도 포기해야 하는 사태가 벌어지기도 했다. 그러나 심신을 안정시켜준다는 면에서 보면 잃음보다는 얻음이 월등히 많기에 소소한 수고를 마다하지 않는다.

주위의 배려에 입맛을 다시며 다시 고개를 드는 잎사귀들의 싱그러움을 바라보는 건 그 무엇과도 바꾸지 않을 나만의 힐링 시간이다. 자신밖에 모르는 이기적인 우리네 삶과 비교하면 비록 몸은 작아도 대인배 같은 마음 씀씀이가 부럽기까지 하다. 거기에 보너스를 주듯이 삐죽 고개를 내미는 손톱만 한 꽃이 주는 기쁨은 무엇과도 바꿀 수 없는 소중함이다. 늘 곁에 있어 고마운 존재, 만병통치가 될 수 있다는 거대한 수식어가 어울리는 녀석들의 존재가 귀하게 여겨지고, 싱그러운 하루를 선사하고도 아무런 보상도 바라지 않으며 빛나는 초록빛 의상을 한껏 차려입은 채 나만의 정원을 지키는 호위병들이 무척 사랑스럽기에 일상에 찌든 이들을 나만의 정원으로 정중하게 초대를 하는 이유이다.

잎새의 사계

시시각각 변하는 환경에 따라 카멜레온처럼 적응하며 살아간다는 것은 쉽지 않은 일이다. 하지만 어디든 주어진 여건에 어울리는 얼굴을 하고 살아간다는 것은 무얼 의미할까? 더러는 측은지심을 유발하기도 하고, 또 한편으로는 놀라운 적응력에 찬사를 보내기도 한다. 사람이 살아가며 이런 사회 흡수력이 꼭 필요하기에 거기에 맞춰 살기 위해 발버둥을 치기도 한다. 하지만 묵묵히 주어진 환경에 자신을 맡기고 적응해가는 식물이 四季를 살아가는 모습을 보자면 한편의 다큐멘터리를 보는 듯하다.

신비로운 탄생의 시작은 여린 잎을 통해서 만난다. 한기가 살갗을 파고들어 온몸을 움츠리게 하는 계절이 다가오면 거친 풍파에도 미동 없던 가지에 씨눈이 트며 세상 밖으로 여린 잎이 고개를 내민다. 탄생의 기쁨이 먼저인지 산고의 고통이 먼저인지는 모른다. 새의 혓바닥보다 작은 연둣 초록의 생명은 처음 접하는 햇살이 따가운 듯 서로를 포옥 감싸 안고 있다. 몇 방울의 이슬과 몇 번의 감미로운 바람이 살갗을 스치고서야 겨우 얼굴을 펴는 갓 시집온 새색시 같은 부끄러움을 지니고 있다. 서서히 시간이 지나 손바닥 펼치듯 커져가는 살갗 사이로 핏줄처럼 퍼지는 생명줄 같은 잎줄기가 근육질처럼 단단해지면 무차별적으로 불어오는 비바람으로 인한 버거움을 굳건히 견뎌야 한다. 툭 치면 부러질 것 같이 마른 가지에 눌어붙어 살아가야 하는 힘겨운 견딤은 생명 연장의 고단함을 보게 된다. 끼리끼리 서로서로 몸을 기대며 지탱해 가는 현명함이 서로에게는 든든한 지킴이가 되어 준다. 몸으로 느끼는 온도의 차이를 서서히 극복하는 지혜를 터득할 때쯤 수시로 불어오는 후끈한 입김이 총명했던 잎새를 지치게 한다.

복불복 같은 삶의 시련과 기쁨이 공존하는 계절로 바뀌면 성숙된 색깔을 뽐내려 마음의 준비를 끝낸 잎새에게는 더한 시련이 온다. 멜라닌 색소의 변질을 요구하며 뜨거운 자외선은 수시로 얼굴을 공격하고, 거센 바람은 생명조차 위협하는 거대함으로 더한 심술을 주기에 충분하다. 더러 생명수처럼 빗줄기를 뿌려주기는 하지만 이조차도 언제 거친 행동으로 괴롭힐지 몰라 전전긍긍하고 있다. 따귀 때리듯 뿌려대는 소나기는 더더욱 반갑지 않은 손님이기 때문이다. 한차례 시련을 견디면 연이어 지글지글한 열기를 내뿜는 태양이 한껏 노려보고 있다. 뜨거운 열기에 표정은 찌그러지고 미적지근한 바람조차도 불쾌감을 더해준다. 몸은 커질 대로 커졌건만 스스로 삶을 결정할 수 있는 건 아무것도 없다는 자괴감이 노화에 부채질을 한다. 여린 연둣빛으로 재롱을

부리던 시간은 까마득하고 어느새 빳빳해진 피부는 거칠게 변해가며 더 푸르게만 풍성해지리라는 기대감에 찬물을 끼얹는다. 심술궂은 날씨에 지친 잎새들은 서늘한 환경에 자연스럽게 동화되어 간다.

누구에게나 풍족하다는 계절로 접어들면 어느덧 나뭇잎이라 불리며 제 몸 치장하기에 열을 올린다. 들뜬 시선들이 하나둘씩 설렘을 안고 모여드는 계절이다. 온갖 잎들이 고운 빛깔의 옷을 갈아입고는 온 산을 수채화처럼 물들이는 가을, 황홀한 색감이 곱다. 짧은 시간이지만 행복한 손길을 타던 화려함은 예견된 시간을 떨치지 못하고 낙엽이라는 시간 속으로 저물게 된다. 덕지덕지 조락의 흔적을 묻힌 채 서슬 퍼런 계절을 향해 맥없이 끌려만 간다.

어디로 가야 하는지 스스로 선택할 수도 없는 가엾은 처지는 스치는 바람에도 속절없이 구르고 빗질에 따라 쓸리고 있다. 싸늘한 기온에 눈발이라도 날리면 방랑은 극에 달한다. 땅에 긁힌 몸은 여기저기 생채기로 구멍이 숭숭 뚫리는 수모를 당하지만 그래도 거리를 방황하는 일은 호사스러운 삶이다. 낡은 리어카에 실려 뜨거운 불속으로 산화되는 고통스러운 삶도 있다. 여린 잎새에서 낙엽이라는 이름으로 변모하기까지 삶의 희로애락을 겪은 이들은 어느 순간이 되면 스스로 생존의 가치를 진단할 수 있을까 궁금할 때가 있다.

모든 생명체는 생로병사를 피해 갈 수 없다. 다만 더 즐겁고 덜 아프게 생을 마무리하는 행복을 느낄 수만 있다면 더할 나위 없다. 탄생의 기쁨을 누리고 더 성숙해지는 삶을 지키며 살 수만 있다면 무슨 걱정이라 싶지만 무엇 하나 녹록하지 않다. 어떤 고난도 헤치며 사는 현명함은 누구나에게 필요한 덕목임을 가슴에 새기며 날마다 발밑으로 떨어져 방향을 잃고 구르는 낙엽에서 내 모습을 발견한다.

봄의 느낌

스침이 부드럽다. 긴 동면의 시간이 지나고 따스한 온기가 스며들면 거추장스러운 것들을 모두 벗어 버리고 온몸으로 봄을 느끼고 싶어서인지 마음이 벌써 들떠있다. 갑작스러운 변화는 아니지만 겨우내 답답하리만치 두꺼운 옷으로 감싸진 피부가 느끼기에는 낯선 환경이기는 하다. 과한 보호본능으로 노출을 꺼려 하던 일상에서 벗어나 온도 상승에 따라 한 겹 한 겹 몸에서 벗겨진 두꺼운 옷들과 안녕을 고하고 나면 눈과 몸으로 느끼는 계절의 변화가 나날이 달라짐을 체험하게 된다. 실내 생활에서 벗어나 구름 걷힌 하늘을 바라보며 따스해진 볕을 즐기는 호사를 누려본다.

언 땅이 녹아 푸석해지고 겨울의 잔해들이 땅속으로 스며들어 양분의 역할을 할 때쯤, 겨우 내민 볕을 시샘하듯 내리는 봄비는 맨살에 닿아도 소름 돋지 않을 정겨움을 건네준다. 싹이 내밀 자리에 내려앉아 시원한 물줄기를 뿌리면 그 수분을 먹고 자란 가지들의 아우성이 꽃봉오리를 흔들어 깨운다. 선잠에서 깨어난 봉오리는 격한 몸부림으로 겉옷을 과감히 벗어버리고 피어올라 여러 모양의 빛깔로 치장한 꽃과 잎을 탄생시켜 바라보는 이들의 눈을 호강시킨다.

비 갠 천변으로 나섰다. 가볍고 화사한 차림으로 치장을 하고 나서면 발걸음부터 즐거워진다. 겨우내 먹이를 찾아 마른나무 사이를 맴돌던 조류들이 물속에 은폐해 있는 새로운 먹잇감을 찾기 위해 몸을 도사리며 이리저리 분주하다. 슬며시 물 위를 유영하다 냇가의 터줏대감 격인 물오리들 사이에 자연스럽게 섞임을 시도하며 생존을 위한 사냥을 시작한다. 물안개 피어오르는 냇물은 묵묵히 하류를 향해 순항을 하며 먹이 사슬이 이뤄지는 장소를 제공한다. 약간의 발품만 팔아도 한 폭의 수채화가 눈앞에서 펼쳐지는 진풍경을 만끽하는 여유를 맘껏 느끼게 된다.

촉촉함을 머금은 땅에서는 냉기가 지나간 뒤 힘겹게 흙을 밀친 여린 싹들이 살포시 고개를 내민다. 연초록 빛깔로 드리워진 보드라운 생명의 움틈이 반가워 만져보고 싶은 욕심에 손을 내밀다 때 이르게 몸 인사하는 싹들이 아직은 낯가림이 심해 혹여 상처라도 입을까 하는 걱정이 앞서 서둘러 손길을 거둔다. 어떤 모양으로 자라 어떤 이름으로 불릴지 아직은 알 수 없는 형태의 싹들이 여기저기서 흙을 들추고 일어나는 탄생의 고통이 신비로 바뀌는 진풍경을 보여주고 있다.

나른한 몸이 하품을 불러온다. 눈가에 졸음이 매달린 건지 먼 동산이 아릿아릿해져 보인다. 눈을 비벼 봐도 초점 흐린 풍경들이 너울거리듯

다가온다. 잡힐 듯이 잡히지 않고, 보일 듯 보이지 않는 신기루같이 아른거리는 무엇, 바로 아지랑이다. 투명한 불길이 내뿜는 열기같이 역물결치듯 풍경 사이를 가로질러 시야에서 사라졌다 나타나는 신비함이 또 다른 봄을 느끼게 한다. 눈앞에 펼쳐진 아지랑이처럼 잡히지 않는 사랑으로 열병을 앓던 시절의 기억도 아련하게 피어난다.

봄이 온다. 느낌만으로도 행복한 미소가 피어나게 되는 순차적 디딤이 되는 계절. 이상 기후란 말이 자주 들먹여지는 불규칙한 계절의 요동 속에서 느낌만으로 때를 받아들이는 순리에 약간의 오차는 있다. 하지만 인간이 숙명처럼 안고 사는 생로병사같이 자연의 섭리도 사계의 흐름에 따라 순리대로 이어간다. 삶의 입자처럼 돌아가는 자연의 사계 중에서 시작을 의미하는 소중한 계절인 봄이다. 움츠렸던 몸과 마음을 서슴없이 무장해제 시키는 묘한 매력을 느끼다 못해 더 색다른 기억으로 회자되기를 바라며 내 기억의 회로에 칠해진 봄의 느낌은 가슴 뛰는 무색의 울림으로 남았다.

꽃의 운명

마른 가지가 덧없이 흔들리며 표현 서툰 계절이 주는 극성스러운 애정을 애써 받아들이고 있다. 이제는 때가 된 듯 제 살을 갈라 틔움의 조짐이 보이는 딱딱한 살갗 사이로 여린 잉태가 시작된 것이다. 눈곱만 한 크기로 고개 내밀어 기지개를 켜고 두리번거리다 나뭇가지에 붙어서 작은 봉오리를 터트리며 펼쳐 놓은 꽃 빛깔은 누구랄 것도 없이 탄성을 지르기에 부족함이 없어 보인다. 서로 다른 이름과 자태로 우리 곁에 머물며 꽃이라는 단어만 떠올려도 왠지 입가에 미소를 짓게 하는 묘한 마력의 생명체. 바라보는 이들의 곁이든 멀리 떨어진 곳이든 어김없이 군락을 이루는 장관이 펼쳐진다.

고개를 돌려 볕의 영접을 받는 울타리나 산기슭을 바라보면 누가 손보지 않아도 자연스럽게 꽃 군락이 자리를 차지한다. 온갖 바람에 곧잘 흔들리는 가지에 대롱 매달려 녹빛 잎사귀와 어우러져 서로 다른 듯 어울리는 색감을 연출하고 있다. 그중에도 어김없이 터를 잡은 갈

색의 가냘픈 가지에 매달린 노란 봉오리가 개화의 기회를 엿보고 있다. 더러 부리 모양으로 피운 꽃들이 포근한 가족애를 뽐내듯 서로를 껴안고 있다. 조금은 이른 탓인지 만개의 기쁨을 누리지 못해 모듬살이의 진수를 보여줄 여력은 없어 보이지만 가지를 꺾어 땅에 묻어도 보란 듯이 살아나는 질긴 생명력은 혹한을 털고 일어난 모든 생명의 선구자 같은 기개를 보여주기에 충분하다. 바뀐 계절을 알리고 느끼게 하는 초병 같은 역할을 충실히 수행하는 개나리는 아직은 봄의 수혜를 덜 입은 탓인지 완벽한 군락의 위용을 구축하지 못했지만 골든벨 같은 고급스럽고 도도한 자태는 서로의 가녀린 가지를 얽히고설켜 누구도 흉내 내기 어려운 아름다운 넝쿨의 진수를 보여준다.

따스한 땅기운이 가지를 감싸면 온몸을 펼쳐 하늘을 가리려는 꽃잎이 남다른 품위로 다가오는 꽃이 있다. 미색과 자색 한복을 입는 중후한 여인 같은 자태의 목련이 우월감을 드러내며 꽃을 피운다. 붓 모양의 꽃술을 감추고 초봄 내내 냉기로 끙끙 앓다가 따스한 입김이 전해지면 눈망울 큰 아이처럼 치켜뜨듯 피어오르는 우아함을 보여준다. 여섯 개의 조각보를 넓게 펼치며 눈길 주는 이들의 탄성을 유발하기도 하지만 때로는 과하게 펼친 욕심으로 인해 쉽게 낙화하는 아픔을 자초한다. 숲속에 숨어 수줍게 피고 지던 지고지순한 삶이 언제부터인가 인간의 욕심에 따라 황량한 콘크리트 단지를 꾸미는 관상용 화목이 되어버린 슬픔이 깃든 꽃. 아파트 창을 열면 제일 먼저 보이는 기쁨도 있지만 계절 변화에 심란해진 바람의 격한 방문에는 속절없이 떨어져 봄이 다 가기도 전에 추한 꼴로 땅에 나뒹굴며 생을 마감하는 비극의 주인공이기도 하다.

마른 가지에 움을 트고 태어나 잎새와 어우르며 비록 삶의 여정은 짧지만 화려함을 한껏 펼쳐 보이는 행운을 누리기도 한다. 많은 탄성을 한몸에 받다가 한순간에 이름도 잃고 간 곳 모르게 사라져가지만 그들의 본향인 가지만은 힘겹게 살아남아 또 새로운 생명을 품고 펼쳐 보이는 삶의 쳇바퀴를 이어간다. 자연의 변화에 따라 긴 삶을 영위하는 것도 있지만 대부분의 꽃은 의지와 상관없이 계절과 이별을 한다. 이런저런 아쉬움에 기억나지 않는 향기를 떠올리기 미안해서 코끝을 움직여보지만 표현하지 못할 여운만 남기며 그들은 또 그렇게 순리에 순응하며 자신에게 주어진 한 계절의 삶을 표식도 없이 마감을 한다.

가을, 바람이 분다

마음이 미세한 바람의 움직임에도 쉽게 흔들린다.

초점 없는 눈빛이 공간을 방황하고 서성이는 발길이 목적지를 잃을 때쯤이면 기다렸다는 듯이 거리나 들녘은 저마다의 개성 있는 색깔로 몸치장을 하며 또 한 겹의 계절의 껍질을 벗어 버린다. 풍요롭게만 보이던 푸름이 눈 시린 빛깔로 변색되어가고, 또 그 빛깔이 누렇게 변질되기까지 우리는 가슴속 많은 번민과 싸움을 한다.

가을은 늘 공허를 동반한다. 왜인지도 왜 그래야 하는지도 모를 쳇바퀴 같은 마음의 동요가 몇십 년을 한결같이 이어오고 있다. 누구를 돌아보고 무엇에 매달려 봐도 쉽게 떨쳐지지 않는 그 무엇에 시달리다 보면 어느덧 나뭇잎을 떠나보낸 나뭇가지처럼 앙상한 몰골의 나를 발견하게 된다. 돌아보면 설렘으로 가을을 맞이하던 시절도 분명 있었다. 코트 깃을 세우고 낙엽 길을 걷던 그 시절에는 불어오는 바람마저도 다 나를 위한 것인 줄 알았다. 해피엔딩으로 끝나는 영화 속 주인공처럼 내 앞에 펼쳐진 세상이 다 아름다울 줄 알았다. 계절의 흐름이 아픔이 될 줄은 꿈에도 몰랐다.

가을은 이성 간의 만남에도 관대하다. 이 세상에는 이루어질 수 없는 사랑은 없는 것처럼 빈 가슴을 채우기에는 사랑만 한 것이 없기에 가을은 사랑을 키우는 데도 제격이다. 핑크빛 가슴으로 만나 데이트라는 이름 아래 시도 때도 없이 만남을 가진다. 누구나 한 번쯤은 바람이 불어와 스산하게 낙엽이 깔린 거리를 걷고, 무작정 들른 카페에서 차를 마시며 둘만이 아는 밀어를 주고받던 청춘을 겪었을 것이다. 세상을 다 가진 것 같은 만족감으로 둘만이 존재해 있는 세상 속에서 살고 있는 그런 느낌을 가지고 평생을 살 수 있을 거라는 착각을 하면서 말이다. 또 그런 바람처럼 사랑이 이루어져 행복한 미래를 설계하는 커플들의 콧노래 소리가 들리는 것이 가을이 갖는 매력이다.

이별의 아픔을 가장 쓰라리게 하는 것도 가을이 갖고 있는 양면성이다. 사랑으로 인해 흔들린 가슴은 쉽게 무너지기도 한다. 사소한 말 한마디에도 가슴이 무너져 버리는 사랑은 참 알 수 없는 존재다. 죽도록이란 말을 수시로 던지던 때와는 달리 마주하는 것조차도 죽기보다 싫어지는 게 사랑이 가진 독성이다. 사랑과 사랑 사이를 넘나들며 촉매제 역할을 하던 가슴속 바람의 열기가 식어버리면 하트가 날아다니던 눈빛은 독기로 변해 갖은 악다구니로 가득한 머릿속은 어느새 다른 사랑을 찾아 바쁜 이동을 시작한다. 사랑하는 님이 남이 되는 시간은 실로 빛의 속도와 같다. 사랑하기에 헤어진다는 진부한 이유가 어울리는

가을이 오면 결실과 이별이라는 극단적인 결과가 대치한다.

바람이 불면 바람은 더 커진다. 무엇을 바라고 그 목적을 이루기 위해 발버둥 치는 악순환이 계속되지만 바람은 그런 소소한 바람조차도 매몰차게 휩쓸고 지나간다. 때로는 아무 일도 없었던 것처럼 평온한 시간의 흐름을 유도한다. 가을이 오면 바람이 불면 지천명의 가슴에도 요동이 이는 것이 주책은 아닌가 싶다. 나이가 무슨 상관이랴 하지만 현실이 주는 괴리는 만만치 않은 제약이 따르기 때문이다. 우리도 한때는 이란 추억을 뒤돌아보면 역시 사랑이고 가을이고 바람이 불어야 제격이다. 라는 생각에는 변함이 없다. 하지만 가을이라 겪는 아픔 아닌 아픔은 바람이라는 존재로 인해 더 격해지는 고통은 누구나 감수해야 할 가을이 주는 아이러니 중 하나일 것이다.

외출이 주는 득템

싱그런 바람이 옷깃을 파고들어 가벼운 차림의 외투를 여미게 한다. 확연하게 달라진 들길을 따라 부는 바람은 뭐라 표현하기 힘든 향긋한 내음을 가져와 코끝을 간질인다. 너른 공간을 겨우 채우고 있던 푸른 가녀림이 실하게 여문 수확의 기쁨이 되기까지 시간은 빨리도 지나갔다. 자전거 페달을 밟고 있는 종아리에 힘이 들어간다. 차를 타고 도로를 달리다 눈여겨 본 도시 속 들길을 택해 모처럼 자전거 외출을 했다. 안장 위에서 바라본 눈앞에는 늘 마음속에서나 그려왔던 고향 같은 풍경이 펼쳐진다. 지난봄 찾았을 때는 눈 씻고 보아야 겨우 보이던 여린 싹이 고개를 내밀던 나약한 땅이었는데 계절의 흐름을 알리듯 도도하게 자라난 식물들이 신기하게도 몸을 흔들어 반가이 나를 맞이한다. 각종 퇴비 냄새와 시골 고유의 향내가 코를 자극해도 뇌를 타고 흐르는 시골에의 회귀 본능을 태생적으로 가진 이들에게는 이조차도 정겨움이다.

'터덜터덜'이라는 표현이 맞는다고나 할까! 엉덩이에 바로 전해지는 비포장도로가 주는 자극은 편안함에 익숙해진 몸에 전혀 다른 느낌으로 전해진다. 골이 파여진 길에 몸을 맡기며 가는 자유로운 행보가 여유로움으로 다가온다. 잠시 자전거에서 내려 이름 모를 들풀에 말을 걸어본다. 서로 다른 언어로 전해지는 대화의 마지막은 고작 미소를 지으며 작별을 고하는 수순이지만 지금은 진지함 그 자체다. 어디서 와서 어디로 가는지 물어봐도 궁금증을 유발하듯 말없이 몸만 살랑 흔들어댄다.

정리된 논과 밭의 식물들과는 달리 그들의 울타리 역할을 하는 둑의 풍경은 다문화 가정처럼 많은 식물들이 얼기설기 섞여 산다. 모양도 색깔도 향과 맛도 다른 이들이 인간과 다른 점이 있다면 아마도 자신의 구역에 대한 욕심 없이 더불어 살아가는 것이다. 한 하늘 아래에서 때마다 숙명처럼 주어지는 계절마다의 초자연주의 양식에 목숨을 맡기며 악다구니로 시작해서 누구하나 무너트려야 내가 사는 우리네 현실과는 사뭇 다른 삶의 여정을 이루고 있다. 간혹 행해지는 인간들의 무분별한 횡포만 없다면 그들 나름대로의 윤택한 삶이 되련마는 경제라는 이름 아래 푸름이 가득한 풍요가 파헤쳐지고 있다. 굉음을 동반한 각종 중장비들이 난립을 해서 기어이 자기네 구역이라는 표식을 해야 직성이 풀리는 이들로 인해 서둘러 생을 마감하는 아픔을 느끼게 된다. 지금은 청정지역이라 불리지만 호시탐탐 노리는 인간들의 회색빛 도시화는 서서히 이곳을 잠식해 오고 있다는 것이 우울하게 한다.

조금은 탁하지만 길가 옆으로 작은 물이 흐른다. 뼈만 앙상한 버드나무 가지가 고개를 흔들어대는 냇가 저편에 참 염치도 없는 낚싯대가 버드나무처럼 냇물에 고개를 처박고 있다. 무엇을 낚으려는지…. 순간 한심스러운 눈빛을 거둘 수가 없다. 겨우 제 살 곳을 찾았을 작은 생명에 무슨 위협을 가하려고 비싸디 비싼 낚싯대를 저리 드리우고 있는지 묻고 싶지만 초점 없는 태공의 눈동자에서 들풀과 같은 아픔이 보여 슬쩍 자리를 피해야 했다. 잠시만이라도 더불어 살아가고 있다는 억지 설정이라도 해보고 싶었던 소박한 외출이 점점 답답해짐을 느낀다. 서로를 간섭하지 않는 것이 최고의 배려이거늘 나만의 욕심을 채우기 위해 오가며 많은 식물들의 심경을 불편하게 하지는 않았는지 후회가 된다.

다시 페달에 힘을 가한다. 앞으로 몇 달 며칠은 소소한 외출로 얻은 눈 속에 담아두었던 그들만의 소박한 삶의 여정을 꺼내보는 호사를 누릴 수 있다는 기쁨만으로도 완벽한 외출이었다고 위로하고 싶은 시간이었다. 우리의 삶이 고귀하듯 그들의 삶도 함부로 대하지 않아야 한다는 정신적 성숙이 더 큰 득템임을 느낀 하루였다.

들풀의 여정

스미는 바람이 그리 매섭지 않은 것을 보면 필경 봄이다. 이제는 三寒四溫이란 말도 무색해서 하루이틀 정도 몸을 움츠리게 하는 찬 기온마저도 물러나 마른 풀 지천이던 들녘이 어느새 연녹색 빛으로 색칠해져 있다. 가까운 들길로 발길을 옮겨 자세히 내려다보니 이름은 알 수 없지만 제법 실한 새싹들이 저마다 할 말이 있는지 고개를 내밀고 있다. 풀은 풀끼리 어우러져 풍요로워 보이지만 계절이 주는 심술로 삶의 여정에 어려움을 겪는 모양이다. 있는 그대로 둔다면 아무런 걸림돌 없이 무성하게 자라겠지만 현실은 여러 가지 제약이 따르기도 한다. 인간의 과한 관심으로 인해 상처를 입어도 여린 가지를 곧추세우고 세찬 비바람에도 자존심은 굽히지 않는다. 조금 휘어질망정 결코 부러지지 않는다는 각오로 한 계절을 견디고 나서야 비로소 즉위식을 앞둔 여왕처럼 머리 위에 꽃 왕관을 얹히는 영광을 누린다. 정해진 바는 없지만 나름대로 일정한 시기가 오면 줄기의 머리

위에선 아름다운 대관식이 벌어진다. 꽃 이름이 지어지고 잎사귀의 색깔도 더 진한 녹색으로 입혀진다. 꽃이 되어 늘 웃어야 하는 고통은 곁을 지나가는 이들이 보내는 감탄 섞인 표현만으로도 충분히 보상이 된다. 같은 줄기에서 자라도 다 같이 찬사를 받는 건 아니다. 활짝 피워 오른 꽃이야 모두의 탄성을 받으며 지내지만 그 꽃을 받치고 있는 줄기는 그저 들러리일 뿐 존재감조차도 미미하다. 가냘픈 몸으로 겨우 버티며 꽃을 추켜세워줘도 고맙다는 표현을 건넨 적이 없는 건 바로 꽃이 지닌 이중성이다. 온 정성을 다해 피워 놓으면 그 공도 모르고 꽃들은 자기들끼리 얼굴 맞대고 서로 잘난 맛에 시도 때도 없이 몸통을 흔들며 자랑질에 여념이 없다. 줄기야 꺾이든지 말든지 바람이 불면 살랑거리며 벌들을 유혹하기에 바쁘다. 모처럼 햇빛이 비치면 꽃잎을 한껏 펼쳐 그늘 속에 지내게 하고, 비라도 내리면 얌심맞게 얼른 봉오리를 오므려 줄기만 세찬 비를 고스란히 맞게 하는 심술도 부린다.

겨우 꽃이 만개할 때쯤이면 다시 수난의 시기가 온다. 몹쓸 마음을 지닌 손길들이 들꽃이라는 이유만으로 하대를 한다. 그 흔한 흥정도 없이 이런저런 이유를 대며 강제로 꺾거나 무참히 짓밟아 버리는 만행을 서슴지 않는다. 몸통이 잘려나가는 아픔도 참기 힘들지만 어디로 가는지 무엇 때문에 가고 있는지도 모르니 그저 답답할 지경이다. 잘려나간 꽃의 행방도 모른 채 잎사귀 몇 개만 달랑 몸에 지니고 사는 삶은 참으로 처절하다 못해 안타깝기 그지없다. 오가며 쉴 새 없이 건네던 탄성과 부러워하던 눈길은 어디 가고 흉물스럽다느니 환경이 지저

분해서 빨리 치워야 한다느니 곁눈질도 모자라 발길로 해를 입히고 가는 인간들의 패악질에 한시도 편히 지낼 수가 없다. 계절의 흐름 타고 줄기는 점점 야위어가고 생기 잃은 잎사귀는 빛이 바래지고 오그라드는 천형처럼 참으로 탄생과는 달리 초라한 최후를 맞이한다. 들풀의 여정을 들여다보니 마치 내가 죄를 지은 것 같은 마음이 들어 행여 만지기라도 하면 생채기가 날까 가까이 다가서지지도 못하고 내려다본다.

선부른 간섭이라는 짓만 하지 않아도 잘 피고 질 그들끼리의 삶에 우리는 얼마나 못된 마음을 지니고 접근을 했는지 한 번쯤은 반성해 보아야한다. 같은 시기에 태어나 짧은 시간이지만 서로를 위해 공존했다는 이유 하나만으로도 들풀과 꽃들은 아름다운 조합이라 할 수 있다. 여기에 조금이라도 그들을 아끼는 마음으로 바라만 보아준다면 더 아름다운 동행이 될 수 있다. 있는 그대로 바라봐 주고 그들이 생을 다해 곁을 떠날 때까지 귀하게 지켜준다는 마음가짐을 지녀야 그들도 우리에게 편히 감상할 수 있는 자격을 기꺼이 주려 할 것이다.

삶도 여행처럼

열린 차창을 통해 기분 좋은 바람이 얼굴을 스친다. 삶의 무게를 태운 차량은 뚫린 길을 막힘없이 달린다. 차창 밖으로 평소 그려왔던 풍경이 지나갈 때마다 마음속에서 터지는 환호는 무엇에 비교할 수 없는 환희를 준다. 쳇바퀴 돌 듯하던 삶의 둘레를 빠져나와 미지의 세계로 이동을 하는 이 시간이 주는 벅찬 행복과 간간이 밀려오는 두려움은 과한 설렘이 낳은 작은 울렁증이라 표현해도 무방하다. 무덤덤하게 안주하던 곳을 떠나 새로움을 찾아간다는 것은 많은 의미를 부여한다. 대부분의 사람들이 느끼겠지만 여행은 무엇과도 바꿀 수 없는 많은 즐거움과 깨달음을 선물로 준다. 한자리에서 행해지던 삶의 모든 일상을 접고 전혀 새로운 환경으로의 전환은 철저한 준비를 요구한다. 전혀 생소한 곳에 나를 맡겨야 하는 일은 늘 같은 곳에서 생활을 하던 사람에게는 그리 쉬운 일이 아니다.

가벼운 마음가짐은 여행의 필수 조건이다. 가지고 있던 근심 걱정을

떨쳐버려야 근사한 행복을 얻을 수 있기에 여행을 떠나는 마음은 가벼울수록 좋다. 모니터 앞에 앉아 부지런히 클릭한 여행 일정을 들고 나선 길은 왠지 넉넉하게 채운 여행 경비와도 같은 든든함을 준다. 젊은 피가 넘쳐흐를 때의 여행과 성숙한 삶을 영위한 다음의 여행은 격이 다르다. 모험도 불사할 정도의 의욕 과다로 시작한 젊은 날의 여행은 미미한 후유증을 낳기도 한다. 오늘 아니면 내일이 있다는 호기로 다소 무리한 일정을 소화한다든지 원치 않은 유혹에 빠져 시간과 돈을 낭비한다든지 하는 오류를 저지를 때도 있었다. 그러나 비록 후회가 남을지라도 젊은 날의 여행은 추억이라는 저장고에 넣어 둘 수 있는 생각의 여유분이 있어 나름 매력적이다. 하지만 중년의 여정을 보내고 있는 지금의 여행은 금전적인 면이나 시간에서 안정감을 주기에 계획한 대로 여행을 소화할 수 있는 강점이 있다. 물론 미지의 장소에 들어서는 두려움은 있다.

목적지에 도착을 하면 먼저 안도의 숨을 내쉰다. 하지만 지금부터가 인생 여행의 시작이기에 긴장의 끈을 놓을 수 없다. 당장의 먹을 것과 잠자리 등 채비를 서둘러야 편안한 다음날이 보장된다. 적당히 요리를 해도 맛이 있고, 몸이 조금 불편해도 잠에 들 수 있는 건 시간이 가져다 준 적응력 때문이다. 별빛 보이는 하늘 밑에 누워 하루를 뒤돌아보고 또 내일을 구상하는 여유는 여행의 참맛이지만 여기에 더한다면 주위의 여행자들과의 교류 또한 빼놓을 수 없는 재미다. 저마다 가진 생각을 공유하며 나누는 대화는 자신을 가둬두고 사는 우물 안 생활에 익숙한 자신을 돌아보게 하는 여행이 주는 보너스다.

해외든 국내 여행지든 젊은이들과의 만남은 엄청난 에너지를 준다. 여행지에서 만나는 젊은 친구들을 볼 때마다 부러움이 생긴다. 여행이라는 사치를 엄두도 낼 수 없었던 나의 청춘이 비교되는 서글픔이 있지만 그들과 동화되어 즐기고 있노라면 나이도 시간도 곧잘 잊어버리기 때문에 다시 충전된다는 느낌이 든다. 같이 마시는 술이며 인생 얘기까지 무엇 하나 버릴 수 없는 여행의 즐거움은 추억의 노트 속에 칸칸이 쌓이게 되는 자산이다. 콘크리트밖에는 볼 수 없었던 도시에서 탈출해 반짝이는 하늘을 본다는 경이로움도 여행의 한 단면이다. 어린 시절로 돌아가 별을 헤며 잠에 드는 호사로움은 4성 호텔 못지않은 행복감을 주지만 지는 해를 보내고 뜨는 해를 맞이하는 소소한 일상도 모르고 지낸 삶이 만든 서글픔이 온몸에 스며든다.

여행에서 돌아올 때마다 만족감을 얻는다면 여행은 인생의 고통에 더할 나위 없는 진통제가 되지만 가끔은 아쉬움을 안고 돌아서야 다음을 기약하는 기대감을 갖게 된다. 떠날 때의 설렘이 일정 내내 이어지다가 집으로 돌아올 때까지 남아있다면 성공한 여행이다. 피곤과 짜증에 지쳐 현관문을 연다면 아니 간만 못한 여행으로 기억 속에 영원히 남는다.

여행은 삶과 같다. 가는 길은 매한가지인데 마음가짐이 다른 여정일 뿐이다. 그 안에 내가 있고 나만이 조절할 수 있는 만족의 %를 가름하면 사는 법이 다르다. 다만 삶이 결과에 책임을 동반하는 무겁기만 한

여정이라면 여행은 그야말로 그 모든 무게를 훌훌 털어버리는 극과 극의 결과물을 얻기 때문에 가끔은 삶 속에 여행이라는 비타민을 끼워 넣고 살아간다. 살다 보면, 여행을 하다 보면 자신에게 없던 연민까지 생겨 스스로를 보듬고 아끼는 마음이 생긴다. 여행은 곧 삶이기에 더욱더 애착을 지니고 실행하는 여정이다. 삶을 든든하게 받쳐주는 곁가지처럼 표시 없이 곁에 존재하며 틈틈이 활력을 불어넣어 주는 무한 활력의 저장고이기 때문이다.

에메랄드빛에 젖다 -캐나다 레이크 루이스 호수

쌀쌀하게 느껴지는 기온마저 감미롭게 다가온다. 눈앞에 내내 펼쳐진 산맥의 장엄함은 그렇다 치더라도 그 속에 숨겨진 또 다른 비경을 찾아 나선 초행자의 맥박은 마냥 불규칙적인 반응을 보인다. 미끄러지듯 가는 버스의 차창 스크린은 연신 파노라마처럼 신비한 풍경만 비쳐준다. 탄성도 지쳐갈 때쯤 가다 멈춘 곳, 멀리로 눈부신 빛깔의 호수가 펼쳐져 있다. 누구랄 것도 없는 걸음의 재촉, 다시 터져 나오는 탄성, 다가설수록 멈춰지는 발걸음과는 달리 눈빛 레이더는 각도를 달리하며 스캔에 스캔을 거듭하고 있다. 신경에 거슬릴 정도로 울리는 카메라 셔터 소리는 차라리 조용히 쉬고 있는 자연에 인간이 가하는 공해라 느껴질 정도로 신경이 거슬리지만 아이러니하게도 내 손에 들린 카메라 역시 쉴 새 없이 풍경을 담기에 여념이 없다.

아름답다는 표현이 어울릴까? 첫 대면에 탄성이 낳은 신음에 가까운 포효는 오랜만에 내뿜는 영혼이 담긴 표현이다. 그저 "와우!" 외에는

그보다 더한 표현을 찾기엔 역부족인 뇌 회로가 원망스러울 따름이다. 만년설을 담은 호수, 호수를 바라보는 만년설은 서로 무슨 생각을 하는지도 궁금하지만 이들을 병풍처럼 감싸고 있는 검푸른 산맥은 아마도 부모의 마음처럼 이들을 감싸 안고 지켜오며 인간들에게 쉼이라는 선물을 주고 있는 게 아닌가 싶다.

작은 솜사탕처럼 핀 눈꽃 길을 걸으며 호수로 다가선다. 손끝에 전해올 차가움을 미리 예견하며 물가에 앉아 슬며시 물빛에 손을 넣어 본다. 아름다운 파문이 일고 그 안에 거대한 풍경화가 너울지고 있다. 행여 물빛에 물들었을까 싶어 손을 빼보니 파리한 손 그대로인 것이 영 아쉽기만 하다. 절로 피식 웃음이 난다. 천 년을 넘게 들여온 물빛의 연륜에 대한 모욕일까? 과한 욕심임에 틀림이 없다. 여기저기서 몸의 각도를 바꿔가며 많은 이들이 풍경에 몸을 맡기며 기쁨을 담기에 바쁘다. 잠시 풀어 놓았던 정신줄을 챙겨 나 또한 다시 카메라에 이들의 아름다운 조합을 추억 속으로 옮겨가려고 애를 쓰고 있다. 평생에 한 번 올까 말까 한, 그렇기에 더 소중한 풍경을 칩 속에 고이 모셔가 많은 이들에게 보여주고 싶은 욕심이 솟구치고 있다. 호숫가를 거닐다 서서 셔터를 누르면 그 모습이 그대로 화보가 되는 기이한 현상을 즐기며 시간의 흐름조차도 거슬릴 정도로 그 매력에 빠져 들어간다.

작은 탁자를 옮겨 놓고 가장 사랑하는 이와 입김을 모락모락 피우며 차를 마시고 있노라면 몇 분이 될지 몇 시간이 될지는 모르지만 침묵 속 눈빛 교환으로도 모두를 느낄 수 있을 거라는 상상은 나만이 가져보는 시나리오는 아닐 것이다. 호수를 바라보는 모든 이의 표정에서 읽을 수 있는 공통점이기도 하다. 되돌아가기 싫다는 투정 섞인 푸념과 함께 향내 없는 눈꽃에 코를 대고 향기를 강요하는 무례함조차도 정겨운 곳, 아쉬움을 덮고 가던 길에 돌아봐도 연신 뒤돌아봐도 그 자리에서 바라봐 주는 넉넉함에 눈가가 그렁그렁할 정도의 감탄의 잔해들은 떠나오는 마음을 무겁게 한다. 다시 온다는 확실한 기약보다 '언젠가는'이라는 마음속 약조가 미더워 더 무거운 걸음이 되고 말았다. 탄성의 끝은 늘 아쉬움을 동반한다. 덜 여문 인간일수록 더더욱 그렇다. 아쉬움을 달고 사는 나라서 지금의 이 헤어짐이 더 속상하다. 하지만 영원히 지워지지 않을 기억 속 메모리와 클릭하면 늘 나타나는 옥빛 호수를 볼 수 있다는 위로가 그나마 위안이 되어 다른 곳으로의 이동을 다독이고 있다. 시시각각 변하는 아름다운 자태와 호수 빛깔은 아니지만 그래도 상상이라는 마력을 빌어 내 안에는 완벽한 그림을 그릴 수 있을 것 같아 아쉬움을 덜어 내기에 편함을 준다.

산과 만년설과 그 아래 고즈넉이 자리한 호수의 조합은 이곳을 빚은 이마저 가슴 시린 일이다. 대단한 예술가의 기질을 지닌 위대한 조물주의 뜻대로 빚어졌다면 형평성을 따지고 싶을 정도의 질투심이 일순간 나기도 했다. 나와 가까운 곳에 이 아름다운 풍경을 만들어 놓았다면 얼마나 기쁠 것인지에 대한 생각이 앞선다. 하지만 귀한 것일수록 숨겨두는 속성에 따른 일종의 배려라고 느껴진다. 매일 같은 곳을 바라보는 식상함보다 평생에 한 번 바라보는 신비함은 견줄 수 없는 대

비가 된다. 차라리 비경이라는 표현이 어울릴 에메랄드 호수가 지닌 매력은 갖은 풍파에도 아름다움 그 자체를 지키고 있는 것이다. 더러는 훼손이 됐을지언정 타고난 미색은 세월의 훼방도 비켜가는 위용을 자랑하며 몇천 년을 그 자리에서 군림하고 있는 그 자체로도 아름다움을 느끼게 한다. 짧은 시간이지만 오염된 내 눈빛을 에메랄드빛으로 물들여준 호수, 그곳에 담가놓고 온 나만의 약속은 호수 깊이 숨겨놓은 채 언제일지 모를 그날을 기다리는 애틋함을 매만지고 있다.

섬에 가다 -이탈리아 카프리 섬

옥빛 물결이 출렁인다. 추적거리며 내리는 빗물은 바다로 투하되어 이내 같은 빛으로 물이 든다. 눅눅한 하늘 사이로 보이는 햇살은 미지의 세계를 선보이듯 멀리로 보이는 섬을 조명처럼 비추고 있다. 잔잔히 내리는 비가 여행자의 마음에 근심을 안기기는 하지만 카프리가 지중해의 보석이라 불리는 섬이라는 달콤한 설명에 점점 초라해지는 주머니를 털어 카프리행을 택했다. 유독 섬을 좋아하는 취향도 있지만 낯선 나라의, 그것도 신비의 섬이라는 닉네임만으로도 설렘이 충만해 소렌토에서 카프리로 왕복하는 페리에 몸을 실었다.

이탈리아 남부에 자리 잡은 카프리 섬은 고대 로마시대 때부터 황제나 귀족에게 사랑을 받았던 섬이다. 오죽하면 로마 황제 아우구스투스는 카프리의 풍경에 반해 '이스키아'라는 큰 섬을 주고 카프리 섬을 사들여 자신만의 낙원으로 꾸몄을 만큼 카프리 섬을 아꼈다고 한다. 현대에 와서도 많은 재벌이나 왕족들이 별장을 사들여 휴양지로 사용하

고 있다. 그중 가장 유명세를 탄 것은 영국 비운의 왕세자비 다이애나 비가 신혼여행지로 선택했을 만큼 아름다운 섬이자 영화의 제목 내지는 멋진 장면으로 등장하는 것으로도 유명하다. 눈을 돌려 바다를 보면 파란 잉크 빛깔을 띤 바다 색깔에 놀라고, 눈을 들어 산기슭을 보면 하얀 빛깔이 주를 이룬 그림 같은 집들이 탄성을 자아내게 하는 섬. 바로 이런 곳에 별장 하나쯤 있었으면 하는 이룰 수 없는 상상에 피식 웃음 짓게 하는 곳이 카프리 섬이다.

하선할 때 마주치는 낯선 인종들이 건네는 부드러운 눈빛이 마음을 녹이고 있다. 가지런히 정리된 요트 선착장은 외국이라는 느낌을 주기에 충분하다. 가끔씩 들려오는 "안녕하세요?"라는 친근하고도 어색한 발음의 현지인들 인사는 나 말고도 나를 닮은 많은 이들이 다녀갔음을 감지하게 된다. 마주치는 얼굴마다 눈에 보이는 경치마다 새로운 세계에 발을 디딘 것은 확실한데 가이드 따라 움직이는 동료들 그리고 같은 여행지를 택한 동양인들의 얼굴이 자주 보이는 까닭인지 흠칫 놀라 가끔은 여기가 어딘가 싶어 웃음이 난다.

해변을 둘러싼 작은 해수욕장에는 날씨 탓인지 거니는 사람들과 행복한 웃음을 날리며 사진 찍기에 열중하는 무리들로 시끌시끌하다. 간결하고 깨끗한 상점들이 각종 기념품을 진열해 놓고 손님을 반긴다. 인종 구별이 헷갈리는 듯 "안녕하세요?"와 "곤니치와."를 수줍게 건넨다. 바다와 여러 풍경을 더 아름답게 감상하기 위해 리무진 택시에 몸을 싣고 섬 중턱으로 이동하는 가운데 기사님의 손짓을 따라 바다를 내려다보니 저절로 탄성이 나온다. 가까이서 보던 바다와 멀리 전망으로 보는 바다는 또 다른 색깔을 띠고 있어 호기심에 가득 찬 두 눈을 현혹시키기에 충분했다. 좁은 골목을 곡예하듯 달리는 택시 기사님의 운전 실력에 놀라다가 영화배우 조지 크루니를 닮은 잔잔한 미소 덕에 여행 내내 이태리 남자는 거지도 잘생겼다는 속설에 비웃음을 지은 나를 머쓱하게 한다.

길옆 카페에 자리를 잡았다. 이탈리아에 가면 꼭 카푸치노를 마시고 오라던 지인의 조언을 무시한 것은 아니지만 커피를 즐기지 않는 탓에 빗줄기 속 카페에서 마시는 핫초코의 맛은 따스하게 스미는 달콤함이 잘생긴 이탈리아 남성의 미소와 같아 좋았다. 카프리 섬 구석구석을 다 돌아보면 이곳을 떠나기가 어려울 것 같다는 자체 위로를 이해하는 척 마음을 다 잡으며 선착장을 향하는 택시에 올랐지만 알 수 없는 감정이 뒤엉켜 묘한 감정이 가슴속으로 흐르고 있다.

여행 내내 가슴 깊이 파고들어 느낀 감정과 파노라마처럼 두 눈에 펼쳐지던 빛깔들, 그리고 스쳐 지나간 사람들의 미소를 다 담아 갈 수 없다는 아쉬움은 여행자가 가져야 하는 숙명 같은 슬픔이다. 시간이 주는 제약으로 인해 두 눈에 다 담지 못한 미지의 카프리 보석들, 그들을 만나기 위해 다시 이곳에 올지는 다음으로 미루고라도 지금 이곳을 떠나는 안타까움을 다스리는 것이 당면한 숙제 아닐까 싶어 살짝 입술을 깨물어 본다. 아무리 아름다운 휴양지라 할지라도 마음이 닿지 않으면 아무런 느낌이 없을 것이다. 돌아오는 페리에서 바라본 카프리

섬의 풍경을 볼 수 없게 창을 덮어버리는 심술궂은 빗줄기가 원망스럽다. 잠시 머문 그곳에 대한 느낌은 세계의 부호나 왕족같이 그들과 감성만은 똑같다는 생각이 들어 일말의 위로를 나 자신에게 건네며 희미하게 멀어지는 환상의 섬에 안녕을 고했다.

빗나간 도피 행각

쉽게 떨쳐 버리려 해도 사라지지 않고 자신을 옥죄오는 불안감이 스멀스멀 다가오면 극한의 공포를 느끼게 된다. 멈춤도 없이 주위를 맴돌며 괴롭히는 두려움은 강한 척 허세를 떠는 인간이 얼마나 나약한지를 새삼 느끼게 한다. 간혹 상영되는 영화를 보면 좀비라는 살아있는 시체가 인간을 공격하는데 도망을 가도 끝도 없이 다가와 죽음의 공포로 몰아가는 설정이나 재난 블록버스터급 영화 속엔 이름도 출처도 모를 각종 균에 의해 인명 피해를 입는 장면이 자주 등장한다. 그러나 시대의 흐름에 따라 그저 상상의 세계가 아닌 실제 정체 모를 바이러스에 의해 생명을 위협받는 사태가 현실 속에서 벌어지고 있다. 경고도 없이 다가와 경악과 두려움 속으로 몰아가는 바이러스에 속수무책으로 당하다 가까스로 종식시킨 예도 있지만 지금은 코로나19라는 이름의 바이러스가 전 세계를 슬픔과 근심으로 몰아가고 있다. 모두 다 눈물겨운 투쟁으로 치유라는 결과물에 도달해야 하

는데도 그 와중에 더러는 자기중심적인 행동과 생각으로 사태의 확산에 빌미를 제공하는 짓들이 잦아져 곱지 않은 시선을 받는다.

코로나 사태가 확산될 때쯤 잠시 철없는 선택으로 마음을 졸였던 시간이 있었다. 외국여행 중에 만난 가이드가 여행 팁을 준다며 터키 여행이 인터넷 상품으로 아주 저렴하게 나올 것이니 선택하면 후회하지 않을 거라는 조언을 듣고, 연초에 할인 상품이 출시되어 주저 없이 선택을 한 후 여행 날짜만 기다리고 있었다. 출발일은 다가오는데 갑자기 중국 우한에서 생겨난 코로나19라는 생소한 바이러스는 전 세계로 빠르게 감염되어 가고 있었다. 우리나라엔 여행 직전 확진자가 약 900여 명으로 세계 각국에서 입국을 막고 있었는데 터키만큼은 청정지역으로 여행이 허용되고 있었다. 약삭빠른 생각일지는 모르겠지만 사스나 메르스처럼 단기간에 끝날 거라는 계산 아래 10일 정도 외국에 다녀오면 사태가 종식되어 무용담 같은 여행 후기를 들려줘야지 했지만 이런 터무니없는 발상이 안전 불감증에 의한 착각이었음을 바로 깨닫게 되었다.

부의 도시인 두바이를 경유해 기착지인 터키에 도착했을 때도 공항엔 달랑 열 감지기 하나뿐이었다. 출국 직전에 보았던 긴박한 광경에 비하면 이곳은 천국이나 다름없어 보였고 마스크는 그저 거추장스러운 물품에 지나지 않았다. 하지만 일정이 지날수록 여행지 관람을 마치고 호텔에 돌아와 와이파이를 켠 후 인터넷상으로 보는 국내의 감염 소식에 불안에 떨어야 했고 숫자의 공포를 느껴야 했다. 하루가 다르게 확진자가 늘어나는 만큼 우리 일행의 근심 수치도 한국인의 입출국을 금지하는 국가도 늘어가기 시작했다. 확진자도 1,000명에서 3,000명으로 걷잡을 수 없다는 표현이 옳을 정도로 확산일로에 있었다. 하지만 실제 보고 느끼지 못하는 관계로 호텔에서 조식을 먹을 때는 걱정이 가득한 얼굴들이었지만 망각이 좋은 건지 낮 동안 여행지를 다닐 때는 행복감 그 자체였다. TV를 통해 접한 터키는 신비의 나라였고, 전 세계가 코로나로 힘겨울 때도 터키는 한 명의 확진자도 없을 만큼 청정을 유지하고 있었다. 천국이나 다름없는 나라에서의 여행이지만 점점 조여드는 근심은 하루의 반은 즐거움으로 나머지 반은 걱정으로 얼룩지게 했다. 일정이 막바지에 다다를 즈음 드디어 올 것이 오고 말았다. 터키에서도 한국인의 입출국을 금지하기에 이른 것이다. 여행지를 가면 중국인이 없어 입장이 수월하다며 즐거워했고, 겨우 세 팀 정도 한국 팀을 만나 반가워했는데 귀국일이 다가오니 만나는 얼굴마다 즐거움이 사라지고 있었다. 귀국길에 들은 얘기지만 한국 여행팀 중 한 팀은 터키 국적기라서 터키공항에, 다른 한 팀은 러시아 국적기라서 러시아공항에 억류가 되었다는 소식을 들었지만 다행인 건지 우리 일행은 그때까지 항공기 입출국을 금지시키지 않은 두바이를 경유해서 무사히 귀국을 할 수 있었다.

귀국 후, 2주간의 자가 격리를 무사히 끝냈고 별다른 증상이 없음에 안도의 숨은 쉬었지만 마음은 편치 않았다. 혼자 청정지역에서 지내다 사태가 수습되면 돌아온다는 얄팍한 생각으로 떠난 여행이 주는 벌이

라고 생각을 하면 쓴웃음이 난다. 터키 여행은 어쩌면 이기심으로 결행된 도피 행각이었고, 그곳에 머무를 때만 해도 한 명의 확진자도 없는 곳에 있다는 안도와 마음속으로 외쳤던 쾌재가 부질없는 짓이었다는 사실을 피부로 느끼기엔 오랜 시간이 걸리지 않았다. 한동안은 주위의 눈치를 보며 미안한 마음을 지니고 있어야 했다.

2002년에 발생한 사스(중증급성호흡기 증후군)는 치사율 10%로 경고 수준이었다면 2012년에 발생한 메르스(중동호흡기 증후군)는 치사율 20.4%로 전 세계를 공포로 몰아넣은 사태였다. 하지만 현재 창출하고 있는 코로나19는 이제껏 인류를 괴롭혔던 바이러스와는 달리 전염경로나 치사율 면에서 위력을 과시하고 있으며 문제는 아직도 진행 중이라는 것이며 전 세계적으로 확진자와 사망자가 늘고 있어 두려운 마음으로 관람하고 가슴 쓸어내리던 영화의 장면이 현실로 옮겨온 것 같은 공포를 느끼게 한다. 다행인 것은 보건 당국의 발 빠른 대처로 인해 확진자의 수는 줄어들고 있지만 사태 종식이라는 반가운 단어가 언제쯤 들려올지 걱정이 앞선다. 가끔은 사회적 거리두기를 외면하고 우리는 아니겠지 하며 지인들과 술잔 기울이는 철없는 짓을 자제하면서 성숙한 시민의식을 지켜야 한다는 다짐을 한다.

참신한 삶의 근원을 펼쳐내고 있는 전영구 수필은
경쾌한 리듬으로 들려주는 한밤 빗방울의 울림이다.

-「작품해설」 중에서

작품해설

전영구, 진화된 수필 문체의 내력

전영구, 진화된 수필 문체의 내력

지연희 | 전)한국수필가협회 이사장

시인이며 수필가인 전영구 수필집 『이따금』이 출간된다. 시인 등단 근 20년의 이력을 열정적으로 펼치더니 2013년 『월간문학』 신인상 수필 부문에 등단하고 두 번째의 수필집을 상재하는 남다른 저력을 보여주고 있어 반갑고 고마운 일이다. 시와 수필은 그 장르적 간격이 그다지 메마르지 않아 마치 사촌지간의 친근함으로 따뜻하게 손을 잡고 서로가 서로에게 상호 보완하는 완곡한 정서를 보여준다. 까닭일지 전영구 수필은 시의 체도體度가 깊숙하게 스며있어 맛깔스런 음식을 취하는 듯 상큼하다.

뭔가 발끝을 간질인다. 흠칫 놀라 눈을 뜨니 눈앞은 칠흑인데 어디선가 시원한 바람이 불어온다. 잠결에 밤새 틀어놓은 선풍기 바람이 나를 또 깨우나 했더니 선풍기는 과부하로 인해 휴업 중이다. 이불깃을 들추고 일어나 바람의 근원지를 찾아 창가로 향했다. 섬뜩하면서도 간지러운 느낌이 피부를 기분 좋게 휘감아 돈다. 베란다 창문의 방충망을 뚫고 불어오는 자연풍이다. 간만에 맛보는 시원함이 선잠에서 나를 탈출시켰다. 창

가로 다가서니 귓가를 울리는 무언가가 나를 기다리고 있다. 긴 더위 끝에 대지를 적시는 단비가 내리는 소리였다.

- 수필 「단비」 중에서

한두 번쯤은 자신도 모르게 행해지고 있는 반복적인 행위들. 무슨 일인가에 자신도 모르게 푹 빠져들어 일상에 피해를 줄 만큼 심각하다면 중독이라고 한다. 한 가지 일에 열중하다 보면 정도가 지나쳐 몰두를 하게 되고, 다른 일에는 무심하게 되고 집착하는 것인데 그것이 되풀이되다 보면 중독이 된다. 일상에서 오는 중독들은 습관적인 것들이 많다. (중략)

중독은 알게 모르게 뇌를 지배해 판단을 무기력하게 만들어 놓고 한 가지에만 집중을 하게 해 정상적인 생활을 할 수 없는 위험 지경에 빠지게 한다.

- 수필 「사소한 중독」 중에서

수필은 나무의 뿌리이며 꽃을 피우기 위해 혼신으로 자양분을 끌어올리는 존재의 근원이다. 시는 뿌리가 끌어올린 공력에 답하기 위하여 한 송이 꽃으로 화답하는 경이로운 성과이다. 일찍이 수필은 꽃의 근원이며 시는 나무의 아름다운 결실이라고 설파해 오곤 했다. 참신한 삶의 근원을 펼쳐내고 있는 전영구 수필은 경쾌한 리듬으로 들려주는 한밤 빗방울의 울림이다. 감각적 시선으로 끌어올려 시각적 존재로 마주 서게 하는 빗방울과 화자의 긴밀한 대면이 수필 「단비」이다. 방충망을 뚫고 불어오는 자연풍(바람)의 시원함이 선잠에서 나를 탈출시키고 창가에 다가가 빗방울의 유희와 조우하는 아름다운 풍경이 사유의 깊이로 일어선다. 한밤중 문득 잠에서 깨어 빗방울 리듬에 홀릭 되고 마는 한 남자의 초상이다. 수필 「사소한 중독」은 알게 모르게 뇌를 지배해 판단을 무기력하게 만들어 놓고 오직 한 가지에만 집중하게 해 정상적인 생활을 할 수 없는 위험 지경에 빠지게 하는 일이다. 어떤 대상에 대한 깊은 집착으로 오로지 그 하나의 문제에 대한 끊을 수 없는 관심이라면 중독이라는 병에 유입되었다고 말할 수 있는 경지이다. 뇌를 지배하는 생각이 오직 무엇에 편협되어 다른 어떤 대상도 관심거리가 되지 않아 완강히 외면하게 된다. 수필은 고매한 '인성의 문학'이라고도 한다. 일종의 모순된 사실을 혹은 사회 규범에 어긋나는 현상을 자연스럽게 외면하기도 하지만 작가는 마치 스스로 성인군자가 되어서는 안 된다. 내 글을 읽는 독자는 나보다 더 훌륭한 인품의 사람일 수 있는 까닭이다. 수필 「사소한 중독」은 독자의 사고를 조용한 침묵으로 일깨우는 역할을 담당하고 있다.

누군가 그랬다. 누구에게든 억지를 쓰며 이기려 하지 말라고…. 특히 평생을 함께 할 동반자에게는 져주는 게 이기는 거라고…. 그 말이 진리라는 걸 알기까지는 많은 시행착오를 거쳐야 했다. 미련한 사람이 화부터 낸다고 다혈질적인 성품은 인생사에 전혀 도움이 되지 않는다는 것은 상대의 김빼기 작전에 당해보면 누구나 허탈감을 느끼게 된다. 큰소리 한 번 내지 않고 상대를 제압하고 자기편으로 만드는 삶의 방식에 꼭 필요한 고급 기술은 역으로 유추해 보면 그만큼 상대편을 감싸줄 수 있는 포용력을 갖추고 있어야 가능하리라는 추측도 해본다.

(중략) 아내의 반전 어린 대처에 오히려 그동안 가장의 권위가 어떠네 하며 아내를 향한 치기 어린 행동은 부끄러움만 안겨주었다.

– 수필 「허허실실」 중에서

> 많은 세월이 흘러 연로하신 어머니는 세월을 따라 떠나셨고, 결국 나의 비밀 아닌 비밀은 끝내 고백처를 잃어버리고 말았다. 유품을 정리하던 중 어머니 시집오실 때 혼수품으로 가져왔다는 자개장롱 맨 밑 그것도 서랍 밑에서 삼백만 원이라는 거금이 발견되었다. 집을 떠나 자취 생활을 하면서 그리도 부탁했던 용돈을 인색하게 주시더니 이렇게 몰래 모으고 있으셨나 싶어 헛웃음이 나기도 했다. 시간이 흘러 어머니 입장에서서 생각을 해보니 풍족한 용돈 한 번 안 주시고 아끼고 아낀 돈을 막내아들의 앞날을 위해 고이 접어 간직하고 계셨던 세월이 얼마나 힘이 들었을까!
>
> – 수필 「소소한 비밀」 중에서

수필 「허허실실」은 평소 술을 좋아하는 친구들과 밤늦도록 술을 마시다 보니 시간을 잊고 집에 들어갈 일이 난감하던 날의 반전을 그려내고 있다. 친구들과의 음주로 귀가가 늦어도 너무 늦어 전전긍긍하게 되는데 출근을 하기 위해선 옷을 갈아입지 않을 수 없었다. 새벽녘 불안한 심정으로 대문을 두드리며 아내와 상면하는 과정에서 왜곡된 상황이 흥미롭다. 술에 취하고도 아내의 폭풍 같은 잔소리를 어떻게 벗어날 수 있을까 궁리하고 있던 중이었는데 아내의 마중은 놀라운 반전이었다. "어머 기록 갱신을 하셨네요." 술에 취한 남편을 부축하여 맞이하는 현명한 아내의 본보기가 아닐 수 없다. 이쯤 되면 미안한 사람은 더욱 미안해하거나 아내가 얼마나 사랑스러워질까 싶다. 그야말로 허허실실이 아닐 수 없다. 수필 「소소한 비밀」은 화자의 어머니와 화자가 '소소한 비밀'이라는 화두로 걸어 놓은, 미처 털어놓지 못한 작고 대수롭지 않은 비밀을 만천하에 공개하는 비밀 이야

기이다. 생명을 소진하고 저세상에 가신 어머니의 유품을 정리하다가 어머니가 시집오실 때 혼수품으로 가져오신 자개장 맨 밑 서랍 밑에서 현금 삼백만 원이라는 거금을 발견하며 어머니의 비밀 금고가 면밀히 밝혀지는 과정이다. 견고한 성곽처럼 난공불락의 어머니의 성지가 막내아들의 손끝에서 드러나는 일이었다. 그 또한 자식을 사랑하는 어머니가 남기신 유지였기에 자식은 가슴이 먹먹한 아픔으로 가득하다.

모든 생명체는 생로병사를 피해 갈 수 없다. 다만 더 즐겁고 덜 아프게 생을 마무리하는 행복을 느낄 수만 있다면 더할 나위 없다. 탄생의 기쁨을 누리고 더 성숙해지는 삶을 지키며 살 수만 있다면 무슨 걱정이랴 싶지만 무엇 하나 녹록하지 않다. 어떤 고난도 헤치며 사는 현명함은 누구나에게 필요한 덕목임을 가슴에 새기며 날마다 발밑으로 떨어져 방향을 잃고 구르는 낙엽에서 내 모습을 발견한다.

- 수필 「잎새의 사계」 중에서

머무르고 있다는 느낌을 표시 없이 건네는 '늘'은 생각만 해도 정감이 있고, 한편으론 절실하다는 마음을 표현하고 있다. 몸과 마음은 떨어져 있어도 어느 한구석에서는 하염없이 바라보고 있다는 끊이지 않고 이어지는 시간을 초월한 가슴이 전하는 말이다.

언제부터인가 상대를 바라보는 시각의 변화가 가깝게 느껴지기 시작했을 때부터 자연스럽게 입에 밴 '늘'이라는 말은 내게는 최고의 표현이고 나름대로 타인에게 건네는 친근한 언어이다.

- 수필 「늘」 중에서

'생로병사'란 비단 식물에 국한한 일은 아니다. 생명을 지닌 모든 존재들이 지니고 겪어야 할 평생의 질서이다. '시시각각으로 변하는 환경에 따라 카멜레온처럼 적응하며 살아가'는 생명체의 부단한 삶의 과정을 화자는 '식물'과 '사람'으로 동일시하며 자신과 다름없는 생태계의 '사는 법'을 들여다본다. 신비로운 생명 탄생은 여린 잎들의 눈부신 움틈으로 시작된다는 것이다. 살갗을 파고들어 온몸을 움츠리게 하는 계절이 지나가면 거친 풍파에도 미동 없던 가지에 씨눈이 트이며 세상 밖으로 고개를 내미는 생명의 신비와 마주 서게 된다. '새의 혓바닥보다 작은 연록의 생명은 햇살이 몇 방울의 이슬과 몇 번의 감미로운 바람으로 살갗을 스치고서야 겨우 얼굴을 펴는 갓 시집온 새색시 같은 부끄러움을 지니게 된다'는 것이다. 깊은 상상력으로 의인화하여 형상화된 식물의 생명 존재에 대한 눈부신 가치를 수필 「잎새의 사계」는 유감없이 들려주고 있다. 한때 전영구 시와 수필 속에선 '늘'이라는 부사를 자주 만나곤 했다. '계속하여', '언제나'와 같은 의미를 지닌 이 말을 전영구 수필은 '조용하지만 늘 살아 있어 좋다거나 진행형처럼 들리지만 선뜻 눈에는 띄지 않게 다가서서 좋다는' 것이다. 느낌만으로도 알 수 있고, 수줍게 교감을 할 수도 있는 가슴속에서 살아 움직이는 말이어서 좋다고 한다. 이는 전영구 수필가의 성품으로 야기하는 변치 않음의 배려일 것이라 생각한다.

수필문학이 꽃처럼 향기로운 것은 굳이 화려한 색감이나 형태보다 자연한 품격의 기품을 내면 깊이 발휘하는 까닭이다. 마음밭에 심금을 울리는 세정된 이야기들을 기탄없이 펼쳐내는 수필 한 편의 감동이 세상을 영글게 하고 세상을 위로할 수 있는 까닭이다. 어느 장르의 문학에서도 대적

할 수 없는 사실 체험을 기조로 조각해내는 수필문학의 구조는 진실한 사람의 때 묻지 않는 마음 빛처럼 맑고 따뜻하다. 시집 여섯 권, 수필집 두 권째를 상재하는 전영구 시인(수필가)의 문학열은 장르를 넘나들며 도약하고 있어 놀라지 않을 수 없다. 시인 못지않게 구조해 내는 수필 언어의 기름진 언술은 예사롭지가 않다. 축하드린다.

이따금

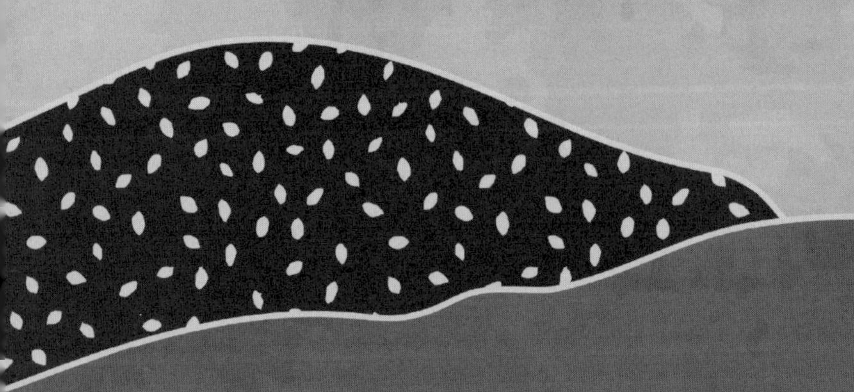

전영구 수필집

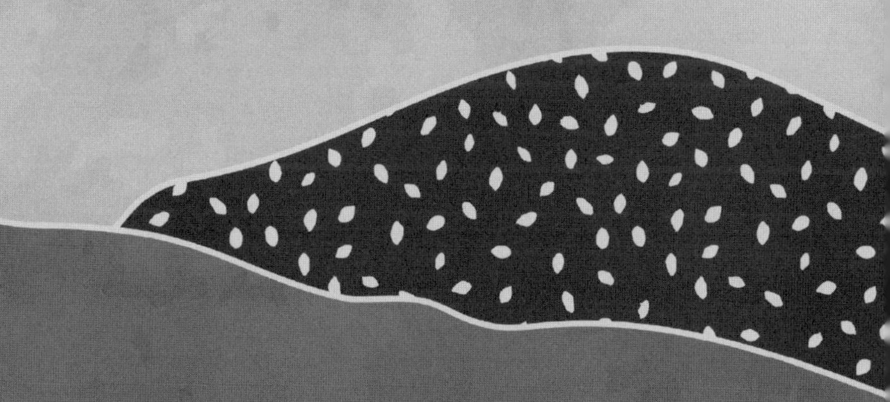

이따금

전영구 수필집